神は遊戯《ゲーム》に飢えている。2

細音 啓

MF文庫J

Character

《登場人物》

God's GameWe Play

フェイ

Fei

近年最高のルーキーと称される期待の使徒。レーシェ＆パールと新チームを結成する。

レーシェ

Leshea

本名はレオレーシェ。3000年の永き眠りから目覚めた元神様のゲーム大好き少女。

パール

Pearl

転移の能力を持つ使徒。全自動思い込みガールと呼ばれるほどの破壊力のある性格。

ネル

不本意な敗北で引退を余儀なくされたマル＝ラの元使徒。

ケルリッチ

ダークスと同チームで補佐役。ダークスが執心するフェイを快く思っていない。

ダークス

フェイを一方的にライバル視するマル＝ラの期待のホープ。

Story 《あらすじ》

God's GameWe Play

暇を持て余した至高の神々が作った究極のゲーム「神々の遊び」。未だ達成者のいない10勝した者に与えられる莫大な恩恵を目指し人類が挑戦する世界で、少年フェイは一人の少女レーシェの指名を受ける。成り行きで元神様の少女と新チームを結成することになったフェイは、パールも仲間に加えて「神々の遊び」に挑戦。知恵を振り絞った末に、難敵ウロボロスを撃破する快挙を果たし、一躍その名を世界中に轟かせるのだった。

Chapter

Prologue　脱落者

対戦時間、57時間8分41秒経過——

〝チーム『炎の刻印《シールオブファイア》』、二十一名脱落〟

〝残り三名〟

その状況を一言で説明するなら、絶望だった。

新進気鋭の若手チームで『神々の遊び』に挑んだものの、待ち受けていた神のゲームは、凄《すさ》まじく難解。

六十時間近い激闘の末に、一人また一人と仲間が脱落していって。

残るは私を含む三人のみ。

そして、この遊戯《ゲーム》『神さまが転んだ』は、神を倒すのに最低四人要る。

詰《チェックメイト》んだ。

〝…………降伏《サレンダー》〟

左右にいた使徒二人が、両手を上げて天を仰ぐ。

その姿に。

私は奥歯を噛《か》みつぶして、そして声のかぎり叫んでいた。

〝待ってください隊長、副隊長！……ゲームは終わってません。私たちまだ三人も残ってるじゃないですか！〟

〝お願いです！　私、このまま終わりたくな――――〟

═══

「――っ!?」

跳ね起きた。

くるまっていたタオルケットを天井まで蹴り上げて、バネで弾《はじ》かれたようにベッドから飛び起きる。

「…………っ……はぁ……ぁ……はぁ……」

カーテンから差しこむ木漏れ日。

薄暗い寝室のなか立ち尽くして、少女は、これが夢であることにようやく気がついた。

使徒としての最後の日。

神々の遊びに敗北して使徒を退役することになった。

「……また……私は、あの時の夢を……」

額から汗がしたたり落ちる。

寝間着がわりのタンクトップが、じっとりと濡《ぬ》れて重たくなっている。自分はいったいどれだけの汗を掻《か》いたのだろう。

「────」

汗ばんだ左手を開く。

掌《てのひら》に刻まれている三つの青い刻印は、使徒《じぶん》が、神々との遊戯で「三敗」して脱落した証《あかし》。

いわば脱落者の印だ。

「……まだ私は……こんな未練を捨てきれないのか……」

と。

ベッドの枕元で、電話端末が鳴り響いたのはその時だった。

『ネル！　大至急よ、神秘法院の生放送《ストリーム》を観《み》てちょうだい！』

電話の相手はごく親しい友人だった。

「おはようアンナ。どうしたんだ、そんな慌てて……」

『秘蹟都市ルインよ！　今あそこで神々の遊びの生放送《ストリーム》をやってるの！』

ルイン？

たしか一年前に世界中で話題になった都市だ。

三千年前の氷壁から、氷漬けの「神さま」が発掘されたという空前絶後のニュースがあったのを覚えている。

「……神々の遊びの生放送《ストリーム》？　そんなのいつだってやってるじゃないか」

壁際のモニター画面を点《つ》ける。

その画面を一目見て、ネル・レックレスは電話を手にしたまま凍り固まった。

あまりの衝撃に——

〝神は、自ら奇蹟を啓《ひら》く者にこそ微笑《ほほえ》む。そうだろ神《ウロボロス》〟

超巨大な黒龍《りゅう》と、それに挑む少年。

無限神ウロボロス——

撃破不可能とも恐れられる神に、今まさに真っ向から挑む黒髪の少年がいた。

〝神を倒すのは神自身。これがウロボロス、アンタの攻略法だったわけだ〟

龍《りゅう》の悲鳴が、蒼穹《そうきゅう》に轟《とどろ》いた。

無限神ウロボロスを倒した史上初の攻略者が誕生した瞬間だった。

その瞬間。

寮の外から、強化ガラスの窓が割れんばかりの大歓声が響きわたった。ここ聖泉都市マル＝ラで何万人という視聴者が遊戯《ゲーム》を見守っていたのだ。

おそらくは――

世界中の都市が、この人類史上初の偉業に沸いていることだろう。

自分もそう。

胸の芯から炎が噴きだしたかのごとく、全身が熱く煮えたぎっていく。

それだけの熱い闘志を見せつけられた。

「……こんな……こんなゲームプレイがあるのか……！」

勝利の直前まで彼は敗北寸前だった。だが彼の目はむしろ爛々《らんらん》と輝いていたのだ。

・・・・・最高に楽しそうに。

他の使徒たちが次々と脱落するなか、無限神ウロボロスとの遊戯《ゲーム》を続け、そして逆転の一手を導き出した。

……そうだ。

……やっぱり間違ってなかったじゃないか。

たとえ何人敗北しても、どんな強大な神を前にしたって諦めない。

これこそが――

過去《あのとき》の自分がやりたかったことだ。


「アンナ、彼の名前は⁉」

『え？　ネル、あなた知らないの。半年前に話題になってたじゃない。めちゃくちゃ凄《すご》い新入り《ルーキー》が現れたって』

「あのフェイか！」

新入り《ルーキー》フェイ・テオ・フィルス。

神秘法院に加入後、「神々の遊び」で瞬《また》く間に五勝を築き上げた少年がいる。神秘法院の本部も注目しているという噂《うわさ》の。

「……そうか……」

こくりと息を呑《の》む。

久しく忘れていた緊張と、そして興奮で喉がカラカラに渇いていくのを感じながら。

「……彼がフェイか」

ネルは、我知らずのうちに拳を握りしめていた。

直感した。遂《つい》に見つけた。

「アンナ。私は、彼のチームで働きたい」

『……はい!? ちょ、ちょっとネル!?』

「彼のチームの募集状況を調べよう。そうと決まれば引っ越しの準備もだな。秘蹟都市ルインで、手頃な家賃の寮も探して……」

『だからネルってば!?』

「――フェイ殿」

既に、ネルの耳に友人の声は届いていなかった。

電話端末を握りしめて。

「このネル・レックレス、あなたに一生を捧《ささ》げることを約束する!」

Chapter

Player.1 WGT《ワールドゲームズツアー》

God's Game We Play

1

地平線から茜色《あかねいろ》の陽《ひ》が差しこむ夜明け――

神秘法院ルイン支部。

まだ多くの事務員が出勤前のビルに、なんとも騒々しい声が響きわたった。

「おーいミランダ――、ミランダってば！」

「痛ぁ!? い、痛い痛い痛いですレーシェさん――っ!? あたしのお尻が廊下の摩擦で擦りきれちゃいますってば！」

「く……首が……絞まっ……」

黒髪の少年フェイと、金髪の少女パールを引きずりながら、ほぼ無人の廊下を爆走していく「元神さま」がいた。

竜神レオレーシェ――

燃える炎のように煌《きら》めく炎燈色《ヴァーミリオン》の髪をした少女だ。

いかにも好奇心旺盛そうな琥珀色《こはくいろ》の瞳は爛々《らんらん》と輝いていて、上気した頬は可愛《かわい》らしい色気を感じさせる。

その正体は、かつて霊的上位世界から降りてきた本物の竜神である。

「……レーシェ！」

そんな元神さまへ、黒髪の少年フェイは擦《かす》れた声を振り絞った。窒息寸前。なにしろ襟首を掴《つか》まれながら廊下を引きずられているのだ。

「俺の首が絞まってるんだけど⁉」

「あ、あたしのお尻が擦りきれて真っ平らにぃぃぃっ⁉」

同じく悲鳴を上げる金髪の少女パール。

こちらも襟首を掴まれて廊下を引きずられていて、発育豊かなお尻が、床を引きずられる摩擦で大変なことになっているらしい。

そして——

「さあ来たわよミランダ！」

ミシッ、と。鍵がかかっている機械扉をいともたやすく腕力でこじ開けて、レーシェが突撃したのは事務長の執務室だった。

「おはようございますレオレーシェ様」

珈琲《コーヒー》カップを手にした女性が、大きくお辞儀。

この執務室の主《あるじ》であるミランダ事務長。キャリアウーマンの雰囲気をした切れ長の目に、知的そうな面立ちが特徴である。

「ちなみに私、夜勤明けでそろそろ寝ようかと思っ――」

「約束は果たしたわよ！」

そんなミランダの主張を吹き飛ばし、レーシェが左側を指さした。

涙目でお尻をさすっているパールをだ。

「あいたた……」

「このパールを！　わたしとフェイの正式なチーム員にすることにしたわ」

「ええ。これで三人ですね」

神秘法院に所属するチーム。神々の遊びが「神VSヒト多数」という仕様上、人間側のチームも最低三人が最小編成となっている。

「じゃ。チーム結成できたし、さっそく神々の遊びに行ってこようっと」

「ダメです」

「なんでっ!?」

執務室の机に身を乗りだすレーシェ。

のんびりノンカフェイン珈琲《コーヒー》をすするミランダ事務長へ。

「チームを揃《そろ》えれば神々の遊びに参加していいって、そう言ったのはミランダよね？」

「はい。ただしレーシェ様のチームは最小編成の三人です。神々の遊びへの挑戦《ダイヴ》は他チームと合わせて合計十人以上にして頂く必要があります」

「それくらいなら余裕よ！」

自分《フェイ》たちのチームは現在三人。

だが水面下では、無限神ウロボロスの撃破後、「神々の遊びでぜひ協力プレイを」と、他チームからの依頼が山ほど来ている。

「他チームとの合計で十人集めれば、すぐにでも神々の遊びに参加できるのね！」

「ダメです」

「なんでっ!?」

悲鳴、再び。

「……フェイ君さー、こういう時にレーシェ様をなだめるのが君の役目だろう？」

「俺はなだめましたよ。そこまではやりました」

溜息《ためいき》をつく事務長に、フェイはソファーに座ったまま頷《うなず》いた。

「レーシェが地下のダイヴセンターに直行するのを止めました。でも事務長の方が説明は上手《うま》そうだなって」

「はー……なるほど。それでこんな明け方にやってきたと」

ミランダ事務長が苦笑い。

部屋の壁に内蔵された巨大モニターを点《つ》けて、画面を操作して。

「ではレーシェ様、まずはこちらをご覧ください」

「……何これ？」

「我が支部が保管している巨神像のダイヴ申請状況です。全部で五つありまして、一つは使えないので四つがフル稼働中なのですが」

巨神像「Ⅰ」：予約チーム数13（計２４１人）、ダイヴ可能まで、推定29日
巨神像「Ⅱ」：予約チーム数17（計２７７人）、ダイヴ可能まで、推定34日
巨神像「Ⅲ」：予約チーム数14（計２０１人）、ダイヴ可能まで、推定64日
巨神像「Ⅳ」：予約チーム数19（計２８３人）、ダイヴ可能まで、推定33日

巨神像とは――

一言でいうなら異次元への扉だ。

古代魔法文明時代の遺産で、神々の姿を象《かたど》った巨大な石像である。この石像に発生する光の扉をくぐることで、人間は「神々の遊び場《エレメンツ》」に突入《ダイヴ》できる。

「ねえミランダ？　これどういう状況なの？」

「順番待ちです」

ミランダ事務長が、眼鏡《めがね》のブリッジを指先で押し上げた。

「遊園地の人気アトラクションで三時間待ちとかザラにあるでしょう？　それと同じです。ダイヴ可能な巨神像がどれも予約で埋まってしまっていて」

「へ!?　どうして！」

レーシェが目を丸くした。

巨神タイタンや無限神ウロボロスとの遊戯《ゲーム》では、すぐにダイヴできたのに。

「……なんでこんな急に予約でいっぱいなの？」

「申し上げにくいのですが、理由を挙げるならフェイ君やレーシェ様ご自身です」

肩をすくめてみせる事務長ミランダ。

「ほら、レーシェ様たちが無限神《ウロボロス》とのゲームに勝ったじゃないですか」

「うん。それで？」

「最高の刺激薬だったんですよ。人類史上初の偉業に勇気づけられたチーム、逆に競争心を煽《あお》られたチームがたくさん」

ルイン支部の使徒は総勢一二〇〇人。彼らのチームのほとんどが一斉に「神々の遊び」へのダイヴ申請を出したというわけだ。

「あのぉ事務長……？」

まだお尻をさすっていたパールが、ようやくソファーに腰を下ろして。

「今すぐダイヴ申請するとして、順番待ちになるとどれくらい待てば……」

「一番早いのが巨神像Iで一月待ちかな。もっとも過去のゲームプレイ時間からの推測で、ゲームが長引いたらその分遅れるけど」

「——なるほどわかったわ」

レーシェがにっこりと頷《うなず》いた。

「行くわよパール。ダイヴセンターはこのビルの地下一階よね」

「へ？　どうしてです？」

「巨神像を盗むのよ。力ずくで」

「なに言ってるんですか⁉」

意気揚々と歩いて行こうとする竜神レーシェ。その背中にパールがしがみついて必死に止めている間に。

「ってわけでミランダ事務長」

フェイは、事務長に向けて肩をすくめてみせた。

「このままだと危険ですよ。ゲーム禁断症状の出たレーシェが暴れるかも」

「……うーん」

「何か良い案ないですか。他の順番待ちしてる使徒に迷惑かけず、事務方の手間も無く、すぐにでも俺たちが神々の遊びに挑戦できるような方法」

「あるんだよね」

「あるんだ!?」

今度はフェイが叫ぶ番だった。

自分《フェイ》がふっかけたのは無茶《むちゃ》ぶりだ。最初からレーシェを諦めさせるための質問のつもりだったのだが、まさか「ある」が返ってくるとは。

「ウチの支部としては断るつもりだったんだよね。フェイ君にもレーシェ様にも秘密にしときたかったんだけど……」

ミランダ事務長が、手にしていた珈琲《コーヒー》のカップを一気に呷《あお》る。

「みんな、再びモニターに注目ね」

画面が切り替わる。

五体の巨神像が消えて、表示されたのは電子メールの一文だった。

――『WGT《ワールドゲームズツアー》のご提案』

「……ねえミランダ？　何これ？」

きょとんと首を傾《かし》げるレーシェ。

「ツアーって？」

「スポーツ選手が世界各地の大会に招かれるようなものです。無限神《ウロボロス》の撃破翌日から、世界中から『うちでゲームをプレイしてくれ』という依頼が山ほど届きまして」

「なんで？」

「……まあ、レーシェ様には実感わきませんか。撃破困難な神にゲームで勝利した使徒は、一躍、世界中から英雄視されるんですよ。大注目です」

モニター画面をちらりと見やって、ミランダ事務長が苦笑い。

「我がルイン支部の巨神像は予約で一杯ですが、他の都市ならすぐにでもダイヴできるところもあるはずです」

「え？　じゃあそこ行く！」

「……即答されるのは寂しいですね」

「なんで？」

「だってこれ、要するに引き抜きなんですよ」

事務長が端末を操作。

モニターに映った三つ目の映像は……

「あ、これフェイさんたちのゲームですよね。巨神《タイタン》の時の！」

パールが画面を指さした。

「あたしも視聴してました。この都市の人はみんな生放送《ストリーム》を観《み》てたはずですよ！」

「そう。竜神レオレーシェ様と新人フェイ君の電撃参戦と聞いて、この生放送《ストリーム》は視聴率が跳ね上がったんだよ。神秘法院の本部も観てた。だからこそ——」

ミランダ事務長が大きく溜息《ためいき》。

「君たちの生放送《ストリーム》は高視聴率間違いなし。それって我が支部の貴重な収入源なんだよね。フェイ君たちが他の都市に移ると、ウチの収入が激減するわけで」

フェイたち三人は、ルイン支部の所属である。

にもかかわらず——

フェイたちが人気になるや、美味《おい》しい果実をかっ攫《さら》おうと他の都市から勧誘があった。

それがWGTというわけだ。

「なるほど。ミランダ事務長からすれば、そりゃ良い感情にはならないか」

「だろフェイ君？　だから内々で、私としては断ろうと思ってたわけ。でもレーシェ様が駄々《だだ》をこねるからさ」

レーシェは今すぐ神々の遊びに挑みたい。

そのためにはダイヴできる巨神像が要る。だがルイン支部の巨神像は予約で一杯だから、他都市の空いてる巨神像からダイヴするしかない。

……でもルイン支部の心情としては、それがあまり好ましくないわけだ。

……高視聴率の人気チームを奪われたってことになるから。

神秘法院の各支部は、「神々の遊び」に挑む仲間でありライバルという関係なのだろう。

「……しょうがないか」

過去最大の溜息《ためいき》をついて、ミランダ事務長が腕組みしてみせた。

「WGTの件、承諾しておきますよレーシェ様。巨神像の空いてる支部に遠征すれば、すぐにでも神々の遊びにダイヴできます」

「ホント!? やったぁ!」

「そうやって喜ばれると、我が支部としては悲しいですが。それはさておきパール君、ちょいと両手出してみて。掌《てのひら》が上になるように」

「? こうですか」

言われるままパールが両手を差しだした。

その両手の掌に刻まれているのは、入れ墨にも似た赤と青の刻印だ。

右手——赤色で、「Ⅱ」に似た刻印。

左手——青色で、「Ⅰ」に似た刻印。

神の痣《あざ》。これが神々の遊びの成績表となる。パールなら二勝一敗のため、右手に「Ⅱ」、左手に「Ⅰ」が刻まれている。

「ほんとだ! ねえフェイ、わたしの右手にもⅡってできてるわ!」

レーシェが好奇心旺盛そうに目を輝かせた。

「あれ？　でもわたし左の掌には何もないよ？」

「そりゃレーシェが一敗もしてないゼロだからだろ。俺もそうだし」

フェイの右手は「V」。すなわち神々を相手にした五勝〇敗という意味だ。

左手は無し。

「……圧巻だよね。特にフェイ君の」

フェイの右手を一瞥《いちべつ》し、ミランダ事務長が半分呆《あき》れたように。

「その『V』って数字。神秘法院の支部一つにつき一人いるかいないかの数字だよ。ま、私は〇敗《ゼロ》っていう方がとんでもないって思うけど……ところでフェイ君。昔のことだけど、私が紅茶とケーキをごちそうしたの覚えてる？」

「もちろんですよ」

まだ新入りの頃だ。このビルの食堂を借りきって、緊張まっただ中のフェイや他の新人たちのために親睦会が開かれたことがある。

「あの時のケーキ、どうだった？」

「美味《おい》しかったですよ普通に」

「最高だったよね」

「？　え……ま、まあ。最高だったかというと記憶が曖昧ですが、美味しかったっていうのは漠然と覚えてるかな」

「そう！　つまりそういうことだよ！」

どういうことでしょう？

フェイがそう突っ込むより早く、事務長にガシッと肩を掴《つか》まれた。

「フェイ君！　君は、新入りの頃から我が支部によって手塩にかけて育てられてきた。恩義があるわけだ。そうだね！」

「……は、はい……」

「君はまさかウチの支部を裏切らないよねぇ？　WGTが終わった後も、向こうの支部の方が給料がいいから移籍しますとか、そんな仁義に反することは間違っても言わないよね。ルイン支部が一番だもんねぇ？」

「怖っ⁉　だ、大丈夫ですよ事務長。WGTが終わったら戻ってきますから」

「ふむ。それなら安心だ」

ようやく真顔に戻った事務長。

と思いきや、机から何かの用紙を取りだして。

「では念のため誓約書にそうサインして」

「どんだけ心配性ですか⁉　誓約書なんか書かなくてもちゃんと戻ってきますってば！」

WGTの参加決定。

フェイ、竜神レーシェ、パールの三人チーム（チーム名称未決定）で、世界遠征へ。

「あのぉミランダ事務長？」

パールが、おずおずと手を挙げて。

「あたしたち他都市に行くんですよね？　事務長、さっき沢山の都市からお話があったって言ってた気がします」

「うん。今のところ世界各地、二十一か所の神秘法院支部から来てるね」

「どこに行けばいいんです？」

二十一か所、世界中の都市をすべて回るのは時間の限界がある。

「あたしたち初めてですし、まずは一つか二つ候補を絞りたいなって。どうやって決めましょう？　フェイさんは行きたいところありますか？」

「公平に決めるならダーツでいいんじゃないか」

ダーツ——円形の的に矢を投げる遊戯《ゲーム》である。

ただしフェイとレーシェは狙った的をまず外さない。狙った都市をほぼ狙って射貫《いぬ》いてしまうので、公平を期すなら人選も重要だ。

「ダーツが下手な方が良さそうね」

「パール、俺らの代わりに投げてくれ」

「……何かいまいち釈然としませんが、わかりました。都市ツアーを選ぶというこの名誉、あたしパールが引き受けましょう！」

パールが矢を構えた。

執務室の壁に掛けられたダーツボードを、真剣極まりない表情で睨《にら》みつける。

「はい。こっちも準備できたよ」

ボードのエリアごとに、事務長が小さな付箋を貼っていく。

聖泉都市マル＝ラ。火山都市ボーダンラ。海洋都市フィッシャーラなどなど。

あとはパールの矢が行き先を決める。

「さあパール君、好きなところをどうぞ」

「はい！」

パールが矢を思いきり振りかぶる。ちなみに投げ方からして間違っているのだが、フェイがそれを指摘する間もなく――

「ほあちゃあっ！」

気合いの入ったパールの全力投擲《とうてき》。

聖泉都市マル＝ラ。そう書かれた付箋にダーツが刺さった。

「事務長、ここでいいですか？」

「ん？　ああマル＝ラね。いいんじゃない。ウチからも近いし」

ダーツの刺さった先を興味津々《しんしん》に覗《のぞ》くミランダ事務長。

「一昨年《おととし》そこに優秀な新入り《ルーキー》が入ったみたいだよ。フェイ君やレーシェ様とも気が合うかもね。ぜひ楽しく交流しておいで」

「へえ。どんな使徒です？」

「さあねえ。でも加入早々マル＝ラ支部の筆頭に躍り出たらしいから、ゲームの腕は確かなんじゃない？」

くるくると。

人差し指の上で矢を器用に回転させながら、事務長はにやりと口の端を吊《つ》り上《あ》げた。

「ちなみにフェイ君、支部の交流会の意味わかってる？」

「え？」

「負けちゃ・・・・・・だめだよ」

2

この世界は、人間にとって未知の大地が広がっている。

都市を一歩離れれば――

恐竜《レックス》と呼ばれる巨大原生生物が闊歩《かっぽ》する草原に、人間が一時間と経《た》たずに倒れる灼熱《しゃくねつ》の砂地獄。人間の住む都市は、周囲を鋼鉄の壁で覆っていなければ恐竜《レックス》の群れに襲われて一晩で壊滅してしまうだろう。

つまるところ。

別の都市へ移動するのは、それくらい命がけの行為なのだ。

「……昔の使徒さんには頭が下がりますよねぇ」

大陸鉄道。

都市と都市とを繋《つな》ぐ道を走る特急列車で、パールが窓ガラスをちらりと見やった。

その手に、トランプのカードを四枚手にして。

「使徒を退役した後のことです。神呪《アライズ》の力をいかして都市を警備し、さらに都市の外を少しずつ開拓していったんだそうです」

「へぇ」

相づちを打つレーシェが、パールの手札から裏返しのカードを一枚引き抜く。

ババ抜きである。

「開拓って、秘境の探検ってこと？」

「はい。使徒《あたしたち》って神々から神呪《アライズ》を授かるじゃないですか。あたしは転移能力者《テレポーター》だから秘境探検の役に立ちにくい力ですが、超人型や攻撃魔法の使える魔法士は、物騒な秘境の探検に大活躍できるんです」

人間には「力」が要る。

過酷な大自然を生き残るために、この世界を開拓するための力。神々からもたらされる神呪《アライズ》は、まさに人間が求めている恩恵と言えるだろう。

神々の遊び七箇条《ルール》。
ルール１——神々から神呪《アライズ》を受けたヒトは、使徒となる。
ルール２——神呪《アライズ》を授かった者は超人型・魔法士型どちらかの力を得る。
ルール５——神々の遊びで勝利したご褒美に、神呪《アライズ》の力の一部を現実世界で
　　使えるようになる。

恐竜《レックス》からも逃げられる脚力をほこる超人。

灼熱《しゃくねつ》の風をやわらげる氷の魔法士や、海の巨大水棲《すいせい》生物を吹き飛ばす風の魔法士もいる。

「人間と神さまとで、お互い利害が一致してるんだよな」

パールの言葉を継いだのは、フェイだ。

レーシェが広げる手札から一番右端を引き抜きつつ——

「人間に神呪《アライズ》を与えることで、神々は暇つぶしに思いきり遊戯《ゲーム》を楽しむことができると。

一方の人間側も、その力で外界を探検することができるようになる」

それが神々の遊び。

人類にとって最高の興業《エンターテインメント》であり、外界に挑む力を得るための場でもある。

「あ、ほらパールってば」

レーシェが身を乗りだした。

指さしたのは、パールの太ももに乗せてあった三枚の手札だ。

「手が止まってるわよ」

「わっ……ついお喋《しゃべ》りの方に夢中になっちゃって……あ、あたしの番ですよね！」

パールが慌てて手を伸ばす。

フェイの三枚の手札から、右端にあったカードをさっと引き抜いて。

「────」

一瞬。

パールの眉がぴくりと痙攣《けいれん》した瞬間を、レーシェは見逃さなかった。

「ねえパール？」

「は、はい⁉　何でしょうレーシェさん！」

「わたし不思議なの」

口元を微笑《ほほえ》ませるレーシェ。

だがその目は笑ってない。笑ってないどころか、パールの顔をじーっと見つめて。

「こんなに楽しいゲームの最中なのに、どうして表情が曇っているの？」

「ちょ、超笑顔ですよ⁉」

「どうして声が引《ひ》き攣《つ》ってるの？」

「あ、あああたしの声の、ど、どど、どこが引き攣っているとっ⁉」

「カードを持つ指先も――」

「震えてませんってば！」

パールが吼《ほ》えた。

それこそ離れた席の親子連れが振り返るくらいの、焦《あせ》った声で。

「レーシェさん！　そうやってあたしに心理戦《マインドゲーム》を仕掛けてきたってそうはいきません。このターン、あたしがババ《ジョーカー》を引いたという証拠は何一つないのです！」

「これだけの証拠があるのに？」

「ええ！　あたしがフェイさんから引いたカードは、何でもないただの――」

「ババ《ジョーカー》なんだけどな」

「フェイさんっっっっ⁉」

パールの悲鳴。

「な、なな何で暴露するんですか！　ババ抜きで、誰が何のカードを引いたのか教えたらルール違反ですよ！」

「いや……もう丸わかりだし。いいかなって」

今は三人でババ抜きだ。

パールが引いたババ《ジョーカー》は、それを元々持っていたフェイからは丸わかり。

ちなみにレーシェもわかっている。なぜかといえばフェイが持っていたババ《ジョーカー》も直前でレーシェから引いたものだからだ。

「俺、レーシェから引いたババ《ジョーカー》をそのまま手札に入れたから。その動きをちゃんと追ってれば、そのババ《ジョーカー》をお前が引いたのもレーシェから丸見えだし」

見てなかったのはパールだけ。なぜかと言うと——

〝パール、手が止まってるわよ〟

〝わっ……ごめんなさい〟

自分の太ももに乗せていた三枚の手札を、パールが拾い上げた。

その瞬間の出来事だったからだ。

「パールさ、自分《おまえ》から見て右端か、右端から二番目のカードを取る癖があるだろ」

「……へ？」

「さっきまでの五ゲームで、四十八回引いて二十三回そうだった。だいたい二回に一回はそうだから、ここに置けば引いてくれるかなって」

「そ、そんな癖が……だからあたしがさっきからビリだったんですか……」

実はもう一つ。

ババ《ジョーカー》を引いた瞬間に「瞬《まばた》き二回」。

何かを考えている時に緊張をほぐそうとする無意識下の癖があるのだが。

……こっちは、もうちょっと秘密でいいかな。

……見てて楽しいし。

と。

「そういえばフェイさん、あたし一つ聞きたかったことが」

何かを思いだしたらしく、パールがふと顔を上げた。

「あたしたちが招待された先って聖泉都市マル＝ラですよね。そこで『神々の遊び』に挑むのは、あたしたち三人ですか？」

「いや。向こうの支部からも参加するってさ。ミランダ事務長の話だけど」

神々の遊びは、神VSヒト多数で成り立つゲームだ。

自分たち三人に加えて補充要員がいる。

「向こうでも、俺たちと一緒にゲームする有志を集めてる頃じゃないかな」

「……その件ですが」

「俺たちも、もっとチームメイトが必要ってことだろ？　毎回他のチームと合同ってわけにもいかないし」

理想は、自分《フェイ》たちのチーム単独で神々の遊びに挑めることだ。

おおよそ十人。

ただし手当たり次第に仲間を集めればいいというわけでもない。

「俺たちと息があって協調性があって。あと前に話したけど頼れる神呪《アライズ》の持ち主がいいよな。パールくらい」

「おおっ!? 頼れる!……お世辞でも嬉《うれ》しい言葉です」

「いやいや。俺は本気で言ってるよ」

パール・ダイアモンドは転移能力者《テレポーター》だ。

パール自身が「気まぐれな旅人《ザ・ワンダリング》」と名付けた神呪《アライズ》は、二種類の転移を発動できる。

——①「瞬間転移《テレポート》」。

半径三十メートル内に転移環《ワープポータル》を二つ設置し、その二箇所を自在に行き来できる。

ただし連続発動不可。再発動には三十秒の充填時間《クールダウン》がいる。

——②「位相交換《シフトチエンジ》」。

人と人、物と物の現在地を入れ替える。

ただし直近三分以内に対象が①の転移環《ワープポータル》を通過しているか、パール本人が触れていた物(者)でなければならない。

……普通はどっちか片方ってことが多いもんな。

……でもパールは二つ使える。

使い方次第では、神々の遊びの局面すらひっくり返す。

裏を返せば。ここまで優秀なパールがいる以上、新たなチームメイトに求めるハードルも自然に上がる。

「たとえば俺やパールが苦手なのってスポーツ系の遊戯だよな。鬼ごっことか徒競走《マラソン》とかで頼もしい仲間がいると心強いかも。っていうと超人型か。ちなみにパールの希望は？どんな仲間がいいとか、こういうのは嫌だとか」

「え？ あ、あたしの希望ですか。んー、どんな神呪《アライズ》の方とかって希望はないですが」

パールがむぅっと腕組み。

そのせいで手札が丸見えなのだが、それには気づいてないらしい。

「あたし怖がりなので、怖い顔の人とか、やたら声が大きい人とかはちょっと苦手かも。レーシェさんは？」

「わたし？ ゲームを愛してるなら誰でも歓迎よ。ただ、そうね」

レーシェが目の前をじっと凝視。

対面の席に座っているのはもちろんパールなのだが、レーシェの貫くような視線が注がれているのは表情ではなかった。

腕組みするパールの腕に、ずっしりと乗った巨大な二つの膨らみを凝視して——

「……ごく一部の部位が大きい女は、許せないわね」

「あたしのどこ見てるんですかっ⁉」

「大胸筋よ」

「まさかの筋肉でしたか⁉」

そんなやり取りの最中に。

レーシェの持っている小型ポーチから、着信音。

『おはようございますレオレーシェ様』

「……あれ、ミランダね？」

通信機から聞こえてきたのは事務長の挨拶だ。

『無事に聖泉都市《マル＝ラ》行きの列車に乗れましたか？　別の列車に乗ってませんよね？』

「バッチリよ。フェイがそう言ってたわ」

『ならば結構です。……こほん、先日はああ言いましたが、よく考えてみればレーシェ様にとっての今回のＷＧＴは良い機会だなと私も思ったところです』

「何の？」

『人間社会のお勉強ですよ』

ごくごく真面目な口ぶりのミランダ事務長。

『レーシェ様の部屋にはたくさんの本がありますが、本に書かれた知識ではなく、ご自分の目で見聞を広める良き機会です。修学旅行とでもいいますか。さらに言えば知識を深めるだけでなく、フェイ君と親睦を深めるのにも良い機会かと』

俺？

突然の名指しにフェイがきょとんとする間にも、二人の会話は弾んで――

『ところでレーシェ様。列車の移動中って時間がありますよね。いま何してます？　まさか三人でトランプやボードゲームばかりしてないでしょうね』

「そのトランプだけど……」

レーシェが首を傾《かし》げる仕草。

「別のゲームが良かったかしら。ミランダのお勧めは？」

『レーシェ様、列車の中ですべきはゲームではありません！　ずばり「ただ何気ない会話」です。年頃の少年少女とあらば、ずばり恋話《こいばな》などいかがでしょう！』

「恋話《こいばな》？」

『いいですかレーシェ様！』

ミランダ事務長の声に熱がこもった。

『レーシェ様やフェイ君、パール君のチームには足りない物がある。それは信頼度です。チームワークと言っても差し支えないでしょう』

「それならバッチリよ」

『いいえ！　なぜならゲーム内のチームワークは、ゲーム外での日々の親密度で決まるものだからです。現実を疎《おろそ》かにしてはいけません！』

「親密度？」

『はい。ゲームだけではありません。日頃からフェイ君とさらなる親密な関係を築くこと。このWGTはうってつけの機会です。普段《いつも》と違う生活、普段《いつも》と違う都市を旅するうちに、互いに新たな一面を知るでしょう。次第に心の距離も近づいていくのです』

「そういうことね！」

通信機を持ったままレーシェが立ち上がった。

ミランダの話に興味がわいたのか、目を爛々《らんらん》と輝かせて。

「わたしとフェイがもっと仲良くなる！　それは大事なことよ！」

『そうです。レーシェ様とフェイ君が最高のパートナーになるためにも、身も心も一つになるべきなのです。たとえばフェイ君がお風呂に入った時、レーシェ様もぜひご一緒に。「背中を流してあげるわ」と優しく密着して――』

「するわ！」

「するな!?」

フェイの突っ込みは、興奮したレーシェの耳には届かなかった。

『お風呂から出た後は、彼の背中にゆっくりと抱きついて、「……のぼせちゃったわ」とさりげなく囁《ささや》くのです。そのままフェイ君と仲良く同じベッドで寝ちゃうのも推奨ですね。

フェイ君とより心の通じ合う仲になれるはず』

「ひ、卑猥《ひわい》です！」

もはや言葉が出ないフェイに代わって——

パールが大慌てで声を張り上げた。何か凄《すご》いものを想像したらしく、顔をサクランボのように赤くしながら。

「と、年頃の少年少女が同じベッドだなんて……一夜のうちに何かが起きないわけがなく。チームメイトとしてこのあたしが見過ごせませんよ！」

『ほぅパール君？　つまり先を越されたくないと？』

にやりと。

通信機の向こうで事務長が唇を吊《つ》り上《あ》げたのが伝わってきた。

『大人しそうな顔してずいぶんと妄想がはかどってるじゃないか。レーシェ様を牽制《けんせい》しつつ、ご自慢の肉体でフェイ君を奪いとる算段だと？』

「わたしのフェイを！」

「事実無根にも程がありますぅっ!?」

車内に響きわたるパールの悲鳴。

「も、もちろん……フェイさんには本当にお世話になりましたし、一人の使徒として尊敬してて素敵な人だなって思ってますけど………」

『でもパール君？　フェイ君とそういう仲になったら素敵だと思わない？』

「っ！」

『同じチームの使徒同士、仲間意識以外の感情が芽生えることは決して珍しいことじゃない。むしろ自然な流れなんだよ。自分の感情に素直になることも大切だ』

パールが沈黙。

とろんと蕩《とろ》けたような面持ちで天井をしばし見上げて、そしてボソッと。

「……それはそれでアリかも」

「パールぅぅぅぅぅぅっっっっ！」

「独り言ですぅぅっっ！」

髪を逆立てるレーシェに怒鳴られて、パールが隣の車両に逃げていく。

そんな一部始終を眺めて——

『あははっ、楽しいねフェイ君。冗談で言ってみたけど意外に脈ありそうじゃないか』

「…………ノーコメント」

フェイはそっぽを向いたのだった。

出発前夜

パール
レーシェさん、WGT(ワールドゲームズツアー)の準備はできましたか？　忘れ物があっても取りに戻れませんよ。

レーシェ
ありったけのゲームを鞄に詰めたわ！

パール
ゲームじゃなくて！

ほら……向こうの都市に何泊もするわけですし。
お金や着替えや歯ブラシとか。あとお気に入りの枕とか。

レーシェ
パールに借りるわ。

パール
あたしのを借りる前に自分で持っていく努力をしてください！？

レーシェ
はっ！？……まさか。パールの下着は、わたしには胸のサイズが大きすぎて合わないと。

だから貸せないと、そう言いたいのね！

パール
そういう意味じゃありませんってば！？

Chapter

Player.2 チームに入れ／入れてくれ

God's Game We Play

1

夜明け――

大陸鉄道を一晩中走り続けて、地平線の先にようやく都市の輪郭が見えてきた。

聖泉都市マル＝ラ。

灼熱《しゃくねつ》の荒野を渡りきって、特急列車がついに到着。

「つきました――――っ！」

「ついたわ！」

列車の降車口から、転がり落ちる勢いで飛びだしていくパール。

その後ろからは、目を爛々《らんらん》と輝かせて飛びだすレーシェ。

「ここが聖泉都市マル＝ラなのね？　この地の名物ゲームは何かしら。まずはゲームショップ巡りに行かないと！」

目をきらきらと輝かせてレーシェが振り向いた。

「行くわよフェイ！」

「ああ、まあいっか。神秘法院のマル＝ラ支部にはお昼訪問だし、余裕あるもんな」

「……ところでフェイさん」

改札口を出てすぐのメインゲートを指さして、パールがぽつりと呟《つぶや》いた。

「あの方はどなたでしょう？」

そこに、いかにもスポーツ選手といった長身の少女が立っていた。

艶《つや》やかな黒髪を結わえた姿。素朴なシャツの袖を肩までめくりあげており、そこに覗《のぞ》く二の腕は力強く引き締められている。

年齢は自分《フェイ》と同じか一つ上ぐらいだろう。大人びた風貌であるのだが、純粋無垢《むく》なまなざしは、どこか幼い少女らしさも残している。ただし――

パールがわざわざ注目したのには別の理由がある。

「すごい怪しいんですが」

「・・・・・・」

そう、彼女は怪しかった。

まずは額に巻いた真っ赤な鉢巻き。いったい何の応援団だという風貌で、その両手にも、応援団が振り回すような大きな旗を握りしめていて。

『フェイ様、パール様、レオレーシェ様ご一行』

『熱烈歓迎。ようこそ我が都市へ！』

あまりに目立つ。

いったい何事なのかと、駅をゆく人々も彼女の周囲だけは避けて通っているほどだ。

「……なにあの人間」

あのレーシェさえ戸惑ったような口ぶりで。

「……わたしには理解できないわ」

「……ちょっとあたしもドン引きですぅ」

「……しっ。静かに。俺たち見つかったら面倒だ」

顔を見合わせる。

三人が思い浮かべた予感は、すなわち「関わらない方が良さそうだ」。

「いいか、他人のフリして逃げるぞ。人混みにまぎれて――」

「むっ⁉」

黒髪の少女が振り返った。

声か足音かを感じとったのか、フェイたち三人を見るなり目をみひらいた。

「ああああっ！　まさか、そこにいるのは――」

「逃げろぉ！」

全速力で走りだす。

そんなフェイたちの後ろ姿に、黒髪の少女が声を張り上げた。

「……ま、待て！　なぜ逃げる!?　私は決して怪しい者ではない！」

「めっちゃ怪しいだろうが！」

「お近づきになりたくないオーラの塊ですぅ！」

フェイたちは止まらない。

目の前の大通りをまっすぐ突き進もうとした、その矢先。


一陣の風が、吹いた。


喩《たと》えるなら「ぎゅおんっ」という風切り音。

靴底がアスファルト路面と擦《こす》れる音がした。そう思った時にはもう、旋風のような勢いで黒髪の少女に追い越されていた。

「……はい？」

呆気《あっけ》にとられたパールが瞬《まばた》き。

何が起きたのか理解するのに時間がいる。それこそ残像が宙に残るほどの速さでもって、黒髪の少女が後ろから走ってきたのだ。

フェイさえ、あまりの事にすぐには言葉が出なかった。

……いや待て、さすがに早すぎるだろ!?

……俺ら五十メートルは離れてたのに、二秒で追いつかれて回りこまれたぞ⁉

人間業ではない。

となれば答えは一つ。神から力を与えられた使徒だ。それも肉体強化の超人型。

「……あんた使徒か？」

「名乗らせていただく！」

黒髪をなびかせて、長身の少女が自らの胸に手をあてた。

「私の名はネル・レックレス。聖泉都市マル＝ラ所属の使徒だった者だ」

「使徒だった？」

微細な違和感。

ネルと名乗った少女の「含み」を、フェイが指摘するか決断するより早く。次の言葉に、あたりの空気が凍りついた。

「フェイ殿、私を、あなたの女にしてほしい！」

「…………へ？」

それは、フェイがここ一年でもっとも素直に口にした「へ？」だった。

あなたの女？ 何その怪しい発言。

「――」

「――」

パール。そしてレーシェも。

特にレーシェが目を丸くしてぽかんとしている姿を、フェイも初めて見たほどだ。

「ん？　ああ、怪しい意味ではない」

黒髪の少女ネルがぽんと手を打った。

「私を部下にしてほしいという意味だが」

「紛《まぎ》らわしいだろ!?　また全力で逃げだすところだったぞ俺は！」

「フェイ殿！」

ネルが叫んだ。

大通りに響きわたるほどの、無駄に大きな声量で。

「ウロボロスとの生放送《ストリーム》を見て確信したのだ。この私が仕えるべき主君はあなたしかいないと！　どうか私を配下にして頂きたい！」

「……いや配下って。しかも主君ってそんな大げさな……」

「大げさではない！」

興奮で赤くなった顔つきで、ネルがさらに声を張り上げる。

そのせいで野次馬《やじうま》がざわざわと集まりつつあるのだが、喋《しゃべ》るのに夢中なネルには彼らが見えていないらしい。

「あの……あんまり声を上げるとまわりに目立つっていうか……」

「炊事洗濯、服のアイロンがけも何でもやろう！　の、望むのであれば風呂で背中を流すことだって！」

「ますます人聞きの悪いことを!?」

あ、だめだ。

この黒髪の少女、頭に血が上ると周りが見えなくなるタイプだ。

「は……ったく。だからいったい何なんだよ。なあレーシェ……………レーシェ？」

振り返る。その先でフェイが見たものは。

曇った表情でひそひそと言葉をかわすレーシェとパール。

「……フェイ……わたしという者がありながら……」

「……見知らぬ女の子にお風呂で背中を流せとか、炊事洗濯とか……ちょっとあたしも擁護しきれないかもです」

「擁護すべきだろ、俺を!?」

説得する間もない。

なぜならフェイの後ろでは、黒髪の少女ネルがさらに迫ってきていて。

「私をどうにか配下に！」

「だから俺は――」

「土下座をしろと言われたのならしよう！」

「いつ言ったんだよ俺が⁉　って本当にするの⁉」

大衆の目がある路上でだ。

アスファルトの路面に額がつくくらい、それはそれは見事な土下座っぷりで。

「この通りだ！」

「………………」

「フェイ殿！」

沈黙。いつまで待っても返事がない。

はて？　そう思ったネルが恐る恐る顔を上げたそこには——

その場から全速力で逃げていくフェイたちの後ろ姿が。

「あああっ、ま、待ってくれフェ——」

追いかけようと立ち上がる。

そんなネルの背後から、野次馬《やじうま》たちの慌てた悲鳴。そして車の警音《クラクション》。

「危ない⁉」

「逃げろ姉ちゃん！　車が……！」

十字路を曲がってきたトラック。

まさか大通りのど真ん中で土下座する少女がいるなど夢にも思うまい。ネルに気づいた運転手が慌ててブレーキをかけるが、もう間に合わない。

轢《ひ》かれる。

誰もが背筋を凍らせたことだろう。ただ一人、ネル自身を除いては。

「はっ！」

左足で路面を蹴るや、右足を跳ね上げる。

身を独楽《コマ》のように急旋回。ネルの右足が、猛スピードで突っ込んでくるトラックを蹴りつけた瞬間。その右足とトラックの接触面が光輝いた。

神呪《アライズ》、発動。

ネル・レックレスは超人型、それも脚力特化の能力だ。

──『モーメント反転』。

エネルギー・質量を一切問わず、ネルが蹴ったものを跳ね返す。

隕石《いんせき》の落下だろうとミサイルの着弾だろうと、タイミングさえ噛《か》み合えば蹴り返せないものはない。もちろんトラックも。

「あ……」

猛スピードそのままにトラックが蹴り返されて、勢いよく壁に激突。

煙を上げて横転してしまう。

「あ、ああしまった!? つい反射的に……だ、大丈夫ですか運転手さん!」

そしてネルが頭を抱えた時にはもう――

フェイたちは、とっくに走り逃げた後だった。

2

神秘法院マル＝ラ支部。

「はぁ……はぁ……ぁ……お、お腹《なか》すきましたーっ!」

青めいた銀色に輝くタワー。

そのビルを見上げたパールの第一声がこれだった。

「な、何だったんでしょうあの女の子」

「……何とか撒《ま》いたな」

燦々《さんさん》とさす日差しのなか、フェイも額の汗を拭い取った。

「よくわかんないけど、とにかくああいうのは逃げるのが正解だよな」

ネルと名乗った黒髪の少女――

超人型の使徒であろう彼女から延々と逃げ続けて、気づけばここにたどり着いていた。

本来なら街を観光して昼食を食べてからの到着予定だったが。

「うぅ……お昼ご飯を食べるはずの時間がぁ……」

「あぁ……わたしのゲームショップ巡りがぁ……」

「ほら行くぞ二人とも」

ぐったりと項垂《うなだ》れるパールとレーシェの手を掴《つか》んで、フェイは二人を引っ張った。

ビルの玄関《エントランス》――

一歩足を踏み入れたそこは、まるで博物館のような趣向《デザイン》のロビーが広がっていた。

まず自分たちを出迎えたのは巨大な「神」の像。

「おー。水の精霊ウンディーネか？」

ここ聖泉都市マル＝ラを守っているという伝説の精霊である。

その像を見上げている間に――

ホールに立つ自分《フェイ》の背後では、少しずつざわつきが広がり始めた。

ここマル＝ラ支部の使徒たちだ。

自分《フェイ》たちと同じ儀礼衣だが肩のラインが赤色。ルイン支部の服は青色だから、その色で別支部だと彼らもわかったのだろう。

「おぉ？　何だかあたしたち注目されてますよフェイさん……！」

「で。パールはなんで俺の後ろに隠れてるんだ？」

「注目されるのは苦手です！」

「俺だって――」

得意じゃないよ。そうフェイが言いかけた矢先。

「お前たち」

「……へ？」

そんなパールの肩に、巨漢の掌《てのひら》が乗せられた。

スイカでも握りつぶしてしまいそうなほど大きな手。振り返ったそこには、サングラスをかけた筋肉隆々の大男がパールを見下ろしていて。

「もしや――」

「痴漢ですぅぅぅぅっぅっっっ⁉」

パールが掻《か》き消えた。あっという間の空間転移《テレポート》でロビーの入り口まで撤退したパールが、フェイの隣に立つ巨漢を指さして。

「警備員さん、この人痴漢ですっ！」

「痴漢ではないっ！」

「あたしの肩に触って何をするつもりだったんですかっ！」

「声をかけただけだが……」

「絶対痴漢ですぅぅっぅぅぅぅっぅっっ⁉」

「事務長だ」

「……へ？」

パールが瞬《まばた》き。

金髪を刈り上げたジャケット姿の大男が、やれやれと肩をすくめてみせた。

「ようこそ神秘法院マル＝ラ支部へ。俺が事務長バレッガ・アイアンズだ」


二分後。

事務長バレッガに案内されて、フェイたちはマル＝ラ支部のビルを昇っていた。

ただし階段で。

「あ、あのぉ……あたしたち、なんで階段を使ってるんでしょう……」

「事務長室が八階にあるからだ」

「い、いえ……その……あたしが言いたいのは昇降機《エレベーター》が目の前にあったはずだなぁって」

「この方が健康にいい」

筋肉隆々の事務長が、そのぶ厚い背中で返事して。

「歩くことで血流が改善され、脳に回る酸素も自然と増える。脳に行き渡る酸素が増えることで思考が純化され、良いゲームプレイも生まれる。ゆえに肉体を鍛えるのだ」

「……えー」

「素晴らしいわ！」

嫌がるパールの真後ろから、階段を一段跳びで駆け上がっていくレーシェ。

あっという間に階段の踊り場にたどり着いて。

「健全なゲームプレイは健全な肉体に宿る。わたしもまったく同感よ！」

「お褒めにあずかり光栄です、竜神レオレーシェ様」

「ええ。長時間のゲームプレイを可能にするには、まず何より健康よ。パール、あなたもゲーム筋を鍛えなさい！」

「ゲーム筋!?」

「ゲームをする筋肉よ」

「だからどこの筋肉ですか!?」

「——さて」

階段を登りながら、事務長バレッガが背中ごしに言葉を続けてきた。

「事務長室で話をと思ったが、あいにく諸君らも多忙だろう。階段を上りながら今回のイベントの話をしよう。改めて、WGT《ワールドゲームズツアー》の目的地に我が都市を選んでくれたことに礼を言う」

「……だから昇降機《エレベーター》なら八階まで一瞬ですのにぃ」

「既に承知のとおり、我がマル＝ラ支部が保管する巨神像から『神々の遊び』に挑戦してもらいたい。応援会場も準備済みで、都市のスポーツスタジアムを借り切った。一万人の観客席が予約で埋まっている」

「一万人っ!? チケット完売ですか!?」

「都市マル＝ラの民衆が君たちに声援を送ることだろう。もちろん生放送《ストリーム》を通じて世界中も見守っている」

「……あ、あわわ。やばいですよフェイさん」

パールがつんつんと背中を突《つつ》いてくる。

その表情は、早くも超弩級《ちょうどきゅう》の緊急で真っ青だ。

「さらに本イベントは都市同士の交流も兼ねている。我が支部の使徒たちも君たちの訪れを心待ちにしていてな。ゲームで手合わせしたいという血気盛んな者も多い。親睦を兼ねた都市交流戦《ワールドゲームズツアー》だ。こちらもぜひ頼みたい」

ＷＧＴのイベントは二つ。

本命が三日後の「神々の遊び」。

そしてもう一つが明日《あす》、親睦を兼ねた都市交流戦というわけだ。

「都市交流戦はウチでも志願者が殺到した。元神であられるレオレーシェ様、近年最高の新人《ルーキー》とも名高いフェイ氏とぜひ戦いたいとな」

「え？　ってことはあたしも？」

パールがはたと我に返って、嬉《うれ》しそうに顔を赤らめる。

「いやぁそうですよね、なんてったってあの不敗の神ウロボロスを倒したんですものねぇ。

あたし。世界中の使徒から注目されちゃってるんですねぇ。えへへ」

「――――――」

「何ですかその無言⁉　ちょ、ちょっと事務長さん？　あたしの人気はっ⁉」

パールの必死の訴えが、中央階段に虚《むな》しくこだました。


ビル、八階。

フェイたちが訪れたホールには、何十枚という写真が飾られていた。

使徒の写真だが、儀礼衣のデザインがそれぞれ違う。

「昨年のＷＧＴの記念写真だ。その隣は一昨年《おととし》の物だな。この集合写真はいずれも他都市からゲストとしてやってきた使徒たちだ」

「ふぅん？　服の色がどれも違うのね。今まで気にしたことなかったわ」

レーシェのまなざしが興味津々《しんしん》で写真へ。神秘法院は所属支部ごとに服の色が違う。

ホールの写真を一つ一つじっくり見ていって。

「あ、ねえねえフェイ！　これ何？」

レーシェが最後の写真を指さした。

映っているのは四人の男女からなる使徒だが、レーシェが目をつけた理由は服だろう。

――黒の儀礼衣。

フェイをはじめ他の使徒たちが白を基調にしたデザインなのに対して、この四人だけはいかにも厳かな黒地に金色の刺繍《ししゅう》入りなのだ。

「なんか珍しい色ね？」

「ああ、それは神秘法院の審査で『AA』以上を取ったチームな。取るの大変なんだよ。神さまとのゲーム勝率とかチームの運営状況とか規律遵守とか、大抵のチームは『A』を死守するので精一杯なんだけど」

審査『AA』の基準はおおよそ各支部につき一チーム。

つまりどの支部でも、最上位チームは黒の儀礼衣を着る資格がある。

その一方で――

自分《フェイ》が注目したのは、黒の儀礼衣に施された金色の刺繍だ。

「ほらレーシェ。この四人って肩のラインが金色だろ。これってつまり……」

「本部」

そう答えたのは事務長バレッガだ。

「黒の儀礼衣はいわば『その支部の最優秀チーム』でしかないが、金色の刺繍はちと違う。神秘法院本部だけの特権なのです、レオレーシェ様」

「……えっと？」

「一年前、レオレーシェ様が氷雪地帯から掘り起こされた時も、神秘法院本部から何度となく遣いが寄せられたはずですが」

「覚えてないわ」

「元締めですよ。神秘法院という組織の統轄で、これは『彼女たち』が我が都市にやってきた時の記念撮影です」

事務長バレッガが、サングラスのブリッジを指で押し上げる。

四人の使徒――金の刺繍《ししゆう》で飾られた、黒の儀礼衣をまとう者たちを見上げて。

「神秘法院本部、筆頭チーム『すべての魂の集いし聖座《マインド・オーヴァー・マター》』」

本部の筆頭。

それすなわち現世界最強という意味だ……が。

「んー……」

その写真を見上げるレーシェは、なんとも腑《ふ》に落ちなそうな表情だった。遊戯《ゲーム》の達人と聞けば、目をきらきらと輝かせるレーシェがだ。

「なんか違うのよね。違和感っていうか」

「どうしたレーシェ？」

「あのね――」

カツッ。

硬い靴音が、レーシェの言葉を遮った。

「見慣れない服だな。青のライン……ルイン支部か」

ホールに現れた一人の使徒。

鈍色《にびいろ》の銀髪に、意思の強さを感じさせる鋭い眉目。あたかも一流の俳優のように整った顔立ちと鍛え抜かれた長身。

「事務長、彼らが例のゲストか？」

「ダークスか。お前らしいな。交流戦の前から早くもゲストに挨拶か」

事務長が振り返る。

「ちょうどいい。紹介しますレオレーシエ様。この男は——」

「俺はダークス」

黒の儀礼衣をまとったその青年が、威厳ある声音でそう口にした。

「ダークス・ギア・シミター。ここマル＝ラ支部に一昨年《おととし》配属された使徒だ。お前たちのことはよく噂《うわさ》に聞いている」

「お、お前たちだとっ？　おいダークス、この方は元神さまで——」

「特別扱いする気はない」

事務長が慌てて訂正に入ろうとするのを、さらに言葉をかぶせて。

「元神だろうが何だろうが、俺にとっての関心は『ゲームが上手《うま》いか』どうか。それだけだ」

「――へえ」

レーシェが、わずかに口角を吊《つ》り上《あ》げた。

炎燈色《ヴァーミリオン》の前髪をさっと手で払いのけながら。

「ちょっと好《い》いわ。ゲームにしか目がない人間、わたし、お前みたいな人間好きよ」

「……あのぉ事務長さん？」

その横で首を傾《かし》げたのはパールだ。

「この人、一昨年《おととし》の新入り《ルーキー》って言いましたよね。でも黒の儀礼衣って……」

「そういうことだ」

事務長バレッガが小さく首肯。

ダークスと名乗った青年を再び指し示して。

「新入り《ルーキー》として加入したわずか九ヶ月後だったか。史上最速で自分のチームを樹立。その初陣でいきなり神に勝利してみせた。現在の成績は三勝一敗。たった一年で我が支部を代表するチームを作り上げたのがこの男だ」

「へっ!? 神秘法院に加入して一年でチームを!?」

「そう。前代未聞だ。……事務長の立場としては到底勧められたものではなかったがな。

結果にねじ伏せられた」

やれやれと事務長が嘆息。

「この男《ダークス》が、我が支部の筆頭だ」

「……す、すごい。まるで――――っ……」

何かを言いかけたパールが、ハッと慌てて両手で口を塞いだ。が。何を言いかけたのか、パールの心境がフェイには手に取るように理解できた。
・・・まるで自分《フェイさん》みたい。
境遇がまったく同じなのだ。新入り《ルーキー》として神に勝利。一躍、その支部を代表するほどの脚光を浴びるという境遇が。

元神《レーシェ》にも物怖《ものお》じしない上に、このゲーム至上主義ともいうべき信念。

こんな変わり者の凄腕新入り《すごうでルーキー》が、まさか自分以外にいようとは。

「フェイ・テオ・フィルス」

黒の儀礼衣を大きくはためかせて、使徒ダークスが足を一歩踏みだした。

「やはり俺たちは、互いに運命に導かれる存在だったようだな！」

「……はい？」

「お前の戦いは生放送《ストリーム》で見させてもらった。巨神《タイタン》の『神ごっこ』、そして無限神《ウロボロス》の『禁断ワード』、どちらも見事と褒めておこう」

「え？　ああどうも」

いきなり褒められた。

上から目線なのが気になるが、おそらく本人の地の性格だろう。

「褒めてもらうのはいいけど、俺としてはその『互いに運命に』ってくだりが妙に……」

「ゆえに告げよう、俺のチームに来い」

「…………………はい？」

何を言っているんだろう？

隣ではレーシェとパールも不思議そうに首を傾《かし》げている。唯一、事務長バレッガだけがはぁと大きく溜息《ためいき》をついているのだが。

「俺はいま、世界中から有力な新入り《ルーキー》たちを集めている。この者たちを超えるために！」

ダークスが振り返った。

その眼光が見上げるのは、中央の写真に写った四人の使徒たち——

「本部がほこる最強チーム『すべての魂の集いし聖座《マインド・オーヴァー・マター》』。この四人を超える真の史上最強を結成し、そして『神々の遊び』を完全攻略する！」

ダークスが右手を突き出した。

まるで映画の一シーンのような大仰な仕草で。

「巨神《タイタン》とのゲームで見せた冷静な攻略性と発想力、そして無限神《ウロボロス》とのゲームで見せた不屈の精神。フェイよ、お前こそが俺の求めていた最後の鍵《ピース》だ！」

「――――」

「俺と共に来い。史上最強のチーム結成のために！」

しんと静まるホール。

熱いまなざしでこちらを見つめる若き野心家と、まっすぐ見つめ合い――

「なあパール」

「は、はい!?　え、ええと……」

「この都市の使徒は、なんていうか面白い奴《やつ》が多いんだな」

ふっと表情をやわらげたのはフェイの方だ。

聖泉都市マル＝ラに来て早々、まさか、まったく反対のリクエストを受けるとは。

〝私をどうにか配下にして頂きたい！〟

〝俺のチームに来い！〟

黒髪の少女ネルから、チームに入れてくれと懇願されて。

このダークスから、俺のチームに入れと勧誘されて。

「あいにくだけど」

レーシェ、パールに目配せ。

二人のまなざしを受けながら、フェイは、ダークスに肩をすくめてみせた。

「俺らはWGTのために来てるんで。そういう話のためじゃない」

「そうか」

「……あ、あれ？　いいんだそれで？」

「俺の用件は済んだ」

踵《きびす》を返し、銀髪の青年が足早に去っていく。

あまりに呆気《あっけ》なさ過ぎて、断った側のフェイの方が拍子抜けしてしまったほどだ。

「……つくづく面白い奴が多いな。この支部は」

その後ろ姿を一瞥《いちべつ》し、フェイは苦笑したのだった。

「諦めたって表情じゃなさそうだったのが、なおさらな」

3

神秘法院マル＝ラ支部。

ビル十二階のゲストルームから見下ろす夜景は、煌《きら》びやかだった。

「おっ？　あのドーム型のでかい建物、あれが例のスタジアムか。俺たちのゲームの観客チケットが七分で完売したっていう──」

「さあフェイ！　お楽しみの時間よ！」

ミシッ。

施錠されていたはずの扉が鍵ごと強引にねじ開けられて、タンクトップ姿のレーシェがフェイの部屋へと飛びこんできた。

「遊ぶわよ！」

「あたし、フェイさんに夕ご飯も作ってきましたです！」

ボードゲームを抱えたレーシェ。

その後ろからは、銀色のトレイに夕ご飯を抱えたパールの姿も。

「明日は都市交流戦ですよね！　その勝利を祈願して、フェイさんに精が付く食べ物をと思って作ってきました！」

「え？　悪いな、大変だったんじゃないのか」

「あたし料理は得意です！　じゃーん！」

トレイの蓋を取った瞬間、香《かぐわ》しい湯気が噴きだした。

「パール特製サンドイッチです。厚さ十センチのげんこつハンバーグにベーコンを巻いてチーズで挟んでみました！」

「どんだけ肉々《にくにく》しいサンドイッチだよ⁉」

サンドイッチというよりはハンバーガー。

いやむしろ肉の塊だ。あまりにぶ厚くて囓《かじ》れる気がしないのだが、パールはいかにも自信満々に胸を張ってみせて。

「戦いのためには体力。そして体力のためにはずばり肉です！」

「……野菜は？」

「レタスが二枚挟んであります」

「バランス悪《わる》っ!?……まあせっかく作ってもらったから頂くけど……あれ？」

一口囓ってみて。

「……意外といける。っていうか食べやすい」

「へへん？　そうでしょう。お肉の旨味はそのままに、ブラックペッパーやクローブなど香辛料の配分で臭みと油っぽさを消すのがポイントです。隠し味に乾燥オレンジを小さく刻んで挟むことで清涼感も出してみました」

「へえ、なんか意外な一面だな」

これにはフェイも驚きだ。

初対面で出会った時に、たしかに趣味が「栄養たっぷりの創作料理」と教えてもらった記憶はある。まさかここまで本格的とは。

「ふふ、新鮮な感じですね。フェイさんがこんなに褒めてくれるなんて」

照れくさそうにパールが微苦笑。

「ねえレーシェさん、あたしもフェイさんから褒めら――――」

「……ふぅん」

　パールの隣で。

　炎燈色《ヴァーミリオン》の髪の少女は、剣呑《けんのん》なまなざしを隠そうともしなかった。

「そう、そういうことなのね」

「……レーシェさん？」

「さっきまで何を忙しそうにしてるかと思ったら、なるほどミランダの言う通りだったわ。チームの親密度はゲーム外で上がっていく。……パールさては、狙ってるわね・・・」

「ね、ねね狙ってるって⁉　な、なな何をですか⁉」

「その動揺が怪しいわ」

「ど、動揺もしてないですし誰かを狙ってもないですよ！　今はまだ！」

「……今はまだ？」

「言葉の綾《あや》ですぅぅっぅぅうっっっっ⁉」

　あっという間にリビングの隅に逃げこむパール。

　と思いきや、今度はレーシェがぐるんと振り向いた。

「そしてフェイ」

「うっ⁉」

危うくサンドイッチが喉に詰まるところだった。

「……いや、あのレーシェ？　食事を作ってもらって、それを断るのはさすがに可愛《かわい》そうだろ？　だって同じチームメイトだし」

「ええ。わたしも良く知ってるわ」

レーシェの冷ややかなまなざし。

「古代魔法文明の時代からそうよ。『男とは、発育豊かな女性の胸と、そんな女性の作る料理には服従するしかない生き物である』って賢者たちが言ってたもの」

「どんな賢者だよ⁉」

「……キミも、料理ができる女の子が好きなのね」

「俺にどんな答えを望んでるんだよ！……ああもう……あ、そうだ！」

冷や汗が止まらないフェイの脳裏に、ふと過《よぎ》った一つの突破口。

壁際のモニターを指さして。

「二人にちょうど見せたいものがあってさ。レーシェ、そこのテーブルにリモコンがあるだろ。モニターの電源つけてくれ」

「これ？」

レーシェがリモコンを押す。

モニターに映った映像は、ある『神々の遊び』のプレイ動画だ。

「俺たち明後日《あさって》はマル＝ラ支部の使徒と組むわけだし、どんなゲームプレイするのかって見てたんだよ。そしたら偶然さ……」

「あ――――っ⁉」

パールが、素っ頓狂な声を上げてモニターを指さした。

「この黒髪の女の子、あたし見覚えがあります！」

「ああ。俺たちを駅で見張ってて、出会うなり配下にしてくれだなんて頼み込んできた……ネル・レックレスだっけ」

使徒だったと自己申告した彼女。

そんなネルの引退前の戦いが、過去放送《ビデオ》に残っていたのだ。

「調べてみたんだけど。彼女、やっぱりつい一月前に退役してた。最終成績は三勝三敗。悪くないけど特別凄《すご》いってほどの数字じゃないんだけど」

「は、はい……」

「普通に優秀なんだよな。お世辞じゃなくて」

ネル・レックレス――

得意ジャンルは、瞬間的な判断力と機転をいかしたR　T　S《リアルタイムストラテジー》。

神呪《アライズ》が超人型ということも相まって、スポーツ系遊戯《ゲーム》とも相性がいい。

スポーティーな肢体と持ち前の運動能力の高さで、フィールドを風のように駆ける姿は美しささえ感じられる。

「隊長の命令もそつなくこなしてるし、味方の支援にも気を遣えてるし」

三勝三敗という、特別には目立たぬ数字。

その成績を、自分《フェイ》は、額面通りに見る気はない。

神VSヒト多数という『神々の遊び』では、たとえばウロボロスのような「外れ枠」を連続で引いてしまい、不運にも黒星が重なってしまうことが多々あるからだ。

「……フェイさん」

床にぺたんと座りこんでいたパールが、おずおずながら顔を上げて。

「ネルさんって、あたしと逆だったんでしょうか」

「――――」

「あたしは自分の失敗でチームが敗北しちゃって、それが嫌になって引退しようって決めました。でもネルさんはその逆で……」

ネルの三敗目は「降伏《サレンダー》」だった。

ネルがゲーム続行を望んでも、他のチームメイトの心が先に折れてしまったのだ。

〝待ってください隊長、副隊長！……ゲームは終わってません。私たちまだ三人も残ってるじゃないですか！〟

〝お願いです！　私、このまま終わりたくな――――〟

まだ諦めたくないんです。

そう叫ぶネルが、多数決による降参が受諾されて神々の遊び場《エレメンツ》から強制退場。映像は、そこで終わった。

「ネルさん、不完全燃焼のまま引退しちゃったのかなあって……」

「……かもな」

壁に背をつけた姿勢で、フェイは小さく息を吐きだした。

理由があったのだ。

昼間の彼女が、あれほどの熱意で迫ってきた動機。神々と戦う一員として、遊戯《ゲーム》に参加できずともチームの支えとして尽くしたいのだと。

「……先に事情を言ってくれよ。昼間逃げだした俺の方が悪い奴《やつ》に見えるじゃん」

思わず苦笑。

「詳しく話がしたくなってきたな。また会えたら次は――」

リンッ。

部屋のインターホンが鳴ったのは、その時だ。

「？　バレッガ事務長さんでしょうか？」

立ち上がったパールが部屋の扉を開けて。

「はいどうぞ」

「ルームサービスの飲み物をお持ちしました」

そこに立っていたのは女事務員。ただしサングラスとマスク。頭にもキャップをかぶっているという怪しすぎる格好《かっこう》でだ。

「ひぁっ⁉」

悲鳴をあげてのけぞるパール。

「あ、あなたは！」

「？　私は何も怪しい者ではありません」

「ネルさんですね！」

パールがのけぞったのは怪しさに怯《おび》えたからではない。その不自然すぎる変装ゆえに、中身の少女があまりにバレバレだったからだ。

変装しても隠しきれない細身の長身。

帽子の後ろからも、特徴である濡《ぬ》れ羽色《ばいろ》の髪がひょっこり覗《のぞ》いている。

「……ネル？　あんた何してるんだ」

「〰〰〰っ⁉」

フェイに指摘されて、変装の少女がビクッと飛び跳ねた。

「だ、誰でしょう、わ、わたしはそんな名前の者では……」

「いや声でわかるし」

「髪の色でもわかるわね」

フェイだけでなく、レーシェからもダメ押しが。

「くぅぅっ⁉ し、しまった！」

言い逃れは不可能。そう悟ったネルが変装道具一式をその場に放り投げる。と思いきや、くるんと身を翻《ひるがえ》して。

「さらば！」

「あ、おい⁉」

フェイの制止も届かない。

超人型特有の圧倒的脚力で、廊下を弾丸のごとき勢いで走り去ってしまった。

「……話、聞きたかっただけなんだけどな」

═══

神秘法院ビル、十一階。

「……っ……はぁ、はぁ……」

壁に手をつき、ネル・レックレスは肩を大きく上下させていた。

「……何で……逃げだしてしまったんだ私は……」

神秘法院の事務員のアルバイト。

彼《フエイ》ら《たち》に近づくには絶好の機会だった。昼間はだめだったが、もう一度、自分をチームに入れて欲しいと頼みこむつもりでいたのに。

「肝心な時に勇気が出せないのか……私は……」


「らしくないな。お前ほどの者が無様な真似《まね》を」


コツッ、という硬い靴音。

ネルが振り返ったそこには、黒の儀礼衣をまとう長身の青年が立っていた。

「……ダークス」

「ネル」

かつての同期である男に、名を呼ばれた。

「二年前、俺たちは同期として配属された。俺とお前、どちらかがこの代のトップになる。そう言われていたな。だがこの現状《ザマ》を見ろ」

ネルは三勝三敗で退役。

対し、ダークスは三勝一敗。

　今や支部を代表する使徒の一人だ。彼が設立したチームは支部の筆頭となり、そんな彼を貴公子《プリンス》と賞賛する民衆も数多い。

「俺が生き残り、お前は引退した。その違いは何だ？　才能か？　実力か？」

「……好きなように言えばいい」

「チーム・・・だ」

「っ！」

「お前は運が悪かった。味方運がな」

　ダークスが何かを放り投げる。

　宙を渡ってネルの手に収まったものは金色に輝く薄型のカードキー。何度となく見た覚えがある。チーム『この世界の嵐の中心《テンペスト・クルーザー》』のメンバー証。

　この青年がリーダーを務める集団だ。

「俺は、お前の実力と負けん気は高く評価している」

「……もう何度も聞いた」

「そうだ。だが何度でも言おう。ネル、俺のチームに入れ、解析班《アナリスト》としてだ」

「――――」

「お前は、いつまで事務員の見習い《アルバイト》など続ける気だ？」

　優秀な使徒は引退後も引く手数多《あまた》だ。

その花形は、なんと言っても現役チームへの貢献——

優秀な解析班《アナリスト》は、優秀な使徒よりも貴重。そんな言い習わしがあるほどに、神々の遊びの攻略には必要不可欠な人材なのだ。

「お前がいれば俺のチームはまた一歩理想に近づく。世界最強のチームのな」

「無用だ」

ネルの答えに迷いはなかった。

「私が望むのはフェイ殿のチームだ。それ以外のどこにも入る気はない」

「なぜだ？」

凛々《りり》しい顔立ちのダークスに、気分を損ねた様子は微塵《みじん》もない。

誘いを断られたとて、それで不機嫌になるなど決してない。それがこの男の美徳であり器であることはネルも承知の上だ。

まさしく内外ともに一切の不純なき、遊戯《ゲーム》の貴公子《プリンス》。

カリスマと呼ぶに価する魅力がある。

だが。

「私の勘だ。私は……フェイ《フェイ》殿こそが私の理想を実現する男だと感じた」

自分が心惹《ひ》かれたのは彼なのだ。

無限神ウロボロスに挑んだゲームプレイを見て、そう直感した。

「なるほどな。では――」

ダークスが掌《てのひら》をこちらに向けて。

「俺と一つ賭けよう」

「なに？」

「明日、親善試合が予定されている。彼《フェイ》のチーム・・・・・・・・と俺のチーム・・・・・・・・とで。都市同士の親睦ではあるが、これは紛《まぎ》れもなく俺と彼《フェイ》との真剣勝負だ」

自信にあふれた眼差《まなざ》し。

世界最強のチームを超えると豪語する男が、ネルをまっすぐ見据えて。

「明日俺が負けるようなことがあれば、お前の目の正しさを認めよう。降参の証《あかし》にお前の言うことを何でも一つ聞く。だが俺が彼《フェイ》に勝った時は――」

「……私が、お前の傘下《さんか》に入れと」

「そういうことだ」

彼《フェイ》ではなくダークスこそが最高の新入り《ルーキー》。都市交流戦でそれが証明されれば、ネルが彼《フェイ》のチームに拘《こだわ》る理由もなくなる。

「明日、俺たちの戦いを見ているがいい。ネル」

黒の儀礼衣をひるがえす。

ネルが言葉を返せぬうちに、ダークスは高らかな靴音とともに姿を消した。

Chapter

Player.3 親善試合《フライドマッチ》

God's Game We Play

1

神秘法院マル＝ラ支部。

ビル十二階、ゲストルームで。

「……あれ、もう朝か？」

窓から差しこむ光に瞼《まぶた》を灼《や》かれ、フェイはあくびを噛《か》みつぶして起き上がった。

トランプを握ったまま床にうつ伏せ。

どうやら自分は、徹夜でゲームの途中に寝落ちしたらしい。

「レーシェ？　パール？」

部屋のベッドには、仰向《あおむ》けで寝入る少女二人。こちらも自分とまったく同じタイミングで寝落ちしたのだろう。

「二日目《きょう》は……向こうの支部との交流戦か……」

対戦相手はダークス。

ここマル=ラ支部の筆頭が自ら交流戦に名乗り出た。それを聞いて、フェイの脳裏を過《よぎ》っていったのが数日前のミランダ事務長の一言だ。

――負けちゃだめだよ？

紛《まぎ》れもなく支部同士の代表戦。互いの尊厳を賭けた戦いになる。

「どんなゲームになるのかな。で、起きろ二人とも。試合に間に合わないぞ」

「んー……」

「……すやぁ」

起きない。

二人とも実に幸せそうな笑顔で熟睡中。

「……もう食べられないですぅ」

「……よーし……もう一勝負よ……」

「どんな夢を見ているのか丸わかりだな。おいレーシェ、起きろってば」

なにせ三千年寝過ごした過去のあるレーシェである。

ここで起こさなければ余裕で数十年は寝入ってしまうかもしれない。

「ん……」

レーシェがぴくりと動いた。

まだ瞼を閉じたまま、うつ伏せにひっくり返り、そして右手をゆっくり伸ばして。

「まだよ……まだポーカーは終わってない……」

「夢の中でか」

「じゃあ上乗せ《レイズ》！」

夢の中でコインを賭けたのだろう。

そしてレーシェが掴《つか》んだものはコインの山――ではなく、隣で寝ているパールの何とも立派にそびえたつ豊かな二つの山だった。

「んー……このコインの山は……？」

「ひぃぃやぁぁぁぁっっっ!?」

パールが起きた。

寝ぼけたレーシェに胸の片方を鷲《わし》づかみにされて、その全身がビクンっと痙攣《けいれん》。

「あれぇ。このコインの山やわらかい」

「レ、レーシェさん!?　それはコインの山では……んっ……あ、ありませんっっっ！」

「……じゃあこっちー」

「そ、そっちも違いますぅぅぅぅっっ!?」

左右の胸を同時に鷲づかみにされて、パールがいよいよ涙目に。

「助けてフェイさん!?　乙女の危機がすぐそこに！」

「さー俺一人で準備してくるか」

「見てないフリして逃げないでくださいいいいいいいいっっっっ！」

2

聖泉都市マル＝ラの神秘法院から、徒歩わずか十分。

フェイたちが着いたのはスタジアム。そのスタッフ専用通路で――

「す、すごい歓声ですね！」

隣を歩くパールが、缶ジュースを両手でぎゅっと握りしめて。

「スタジアムが満席ですって。ど、どうしましょう！」

「フェイ、早く早く！」

パールを追い抜いて、廊下をスキップで走って行くのがレーシェだ。

「こんな大きな会場で、わたしたちどんなゲームするのかな！」

「そりゃこんだけ広いわけだし。思うぞんぶん走り回れるサッカーとかラグビーとか。あ、でも人数が足りないか。じゃあ……ん？」

フェイは、無意識のうちに足を止めていた。

無人のスタッフ専用通路。その角から、見覚えある黒髪の少女が突如として猛スピードで走ってきたからだ。

「ネル？」

「はぁ……っ、はぁ……ま、間に合った！」

肩で息を切らせて、ネルが大きく深呼吸。

フェイ、パールそしてレーシェがぽかんと見つめるなか。

「……フェイ殿」

ネルが顔を上げた。

「とっくに聞かされただろうが、今からフェイ殿が戦う親善試合の相手はダークスだ……鼻につくプライドの高さはあるが、ゲームに関する天性の嗅覚は間違いなく本物。たとえフェイ殿でも苦戦は免れないだろう。だが……」

ネルが、拳を握りしめた。

「だが勝ってくれ！　そうでないと――」

「ん？」

「っ……もう時間か。と、とにかく頼んだから！　私も観客席で応援させてもらう！」

踵《きびす》を返す。

フェイが声をかけるより早く、ネルはその場から走り去っていった。

「あのネルって人間」

レーシェがぽつりと呟《つぶや》いて。

「わたしたちを応援しに来たの？」

「かもな。相変わらず口下手っぽいけど」

去っていった曲がり角を一瞥《いちべつ》し、フェイは苦笑した。

「俺たちはよそ者だし、こういう親睦試合じゃ敵扱いされても仕方ないって思ってたけど、やっぱり応援がいてくれるのは嬉《うれ》しいな」

「……そうね」

レーシェがクスッと微笑。

鮮やかな炎燈色《ヴァーミリオン》の髪をふわりとなびかせて、スタジアムの舞台《グラウンド》へ足を踏みだした。

「さ、どんなゲームかしら」

視界が一瞬で移り変わり——

割れんばかりの歓声と、観客席を埋めつくす市民たち。

三百六十度、ぐるりと全方位を囲む観客席。

一万人以上の観衆から拍手を送られるのは、さすがのフェイも未体験だ。

「おー。ゲームそのものの緊張ってのは無いけど、これは確かに重圧感《プレッシャー》があるなぁ」

「——待ちわびたぞ、フェイ」

舞台《グラウンド》の中央で。

黒の儀礼衣を着こなした銀髪の青年が立っていた。

「これより行われるのは二つの都市の親善試合《プライドマッチ》……が、俺は都市の尊厳を背負う気など毛頭ない。ゲームの競技者《アスリート》として、俺は、俺とお前の魂を賭けた戦いのために来た！」

「…………」

「何だ」

「……いや、何て言うか。これは褒め言葉のつもりで聞いてほしいけど」

腕組み姿のダークスに、フェイは苦笑を禁じ得なかった。

印象を読み間違えていた。観衆から絶大な人気を誇り、映画俳優さながらの凜々《りり》しい風貌を持ち合わせながら——

「熱いんだな。もっと物静《クール》かな奴《やつ》かなって」

「相手次第だ。ゆえに、俺の魂を燃やすプレイを見せてもらおう」

ダークスの不敵な笑み。

「さっそくゲーム選択だ。公平を期すため、この会場に用意《セット》された数千ものゲームから、無作為《ランダム》に一つのゲームが選ばれる」

そして指を打ち鳴らした。

「運営《オペレーター》、選ばれたゲームを起動しろ！」

直後。

ヴォン、という電子音と共に、フェイたちの足下が塗り替えられていく。

「……AR（拡張現実）映像？」

現実世界に仮想映像を映しだす技術だ。

この舞台《グラウンド》に入った時から気になっていた。

サッカーや野球といったスタジアムなら、この足下のグラウンドは芝生や砂地のはず。

だがここは真っ白いコンクリート状の土台。

「ああそっか。この舞台《グラウンド》そのものが映像スクリーンだったのか」

フェイたちの足下が、AR映像によって仮想のものに塗り替えられていく。

現れたのは何十という数のマス目だ。

それがすべて黄金、銀、赤の三色いずれかに塗り分けられている。

「すごろくか！」

スタジアムの舞台《グラウンド》丸ごとを、超巨大すごろく盤に描き変えたのだ。

さらにフェイたちが見上げる虚空で、AR映像で生みだされた電子ボードに光の文字が刻まれていく。

カード戦略系すごろく『Mind Arena』――と。

「あっ、アタシこれ見たことあります！」

表示されたゲーム名を見るなり、パールが声を上げた。

「支部同士の交流戦で使われるゲームの一つで、『ダイスを振らずに進む』すごろくって言われてます！」

フェイもゲーム名と概要は聞き覚えがある。

かつて『神々の遊び』で実際に行われた遊戯《ゲーム》をアレンジして、人間同士でも遊べるようにした競技ゲームがあると。

それがカード戦略系すごろく『Mind Arena』。

【基本ルール】

①概要は『すごろく』。

②勝利条件は二つ。どちらかを満たせばゲームに勝利する。

勝利A：44マス先のゴールにたどり着くこと

勝利B：罠《わな》か魔法カードで、敵チームのライフを0《ゼロ》にすること。

③初期ライフは各自20。5枚の魔法カードを所持。

④プレイヤーは、ゲーム開始時に自分の「職《クラス》」を選択する。

【ゲームの流れ】

①ゲーム開始時、全プレイヤーは1～6までの数を選択。（ダイスの代わり）

②その数の大きい順に手番《ターン》となる。
(二人以上が同じ数字を出した時は、先にその数字を選んだ者が先行できる)
③行動ターンでは二つの行動ができる。
A：①で選択した数だけ進み、止まったマス色に応じて効果を受ける。
銀マス　：魔法カードを一枚引く。(※)
黄金マス：魔法カードを二枚引く。(※)
赤マス　：罠ゾーン。ここで止まったプレイヤーは大ダメージ。
罠から受けたダメージは軽減できない。
※銀と黄金マスは、二人以上が同時に止まるとカードは引けない。
※使用したカードは消滅されて共通の封印庫《ハンガー》に格納される。
B：魔法カードを使う。(枚数制限なし)
自魔法　：自分の手番《ターン》にしか使えない。(相手の手番《ターン》では使用不可)
高速魔法：いつでも使える。ただし威力が低いか、使用条件が厳しい。
秘奥　：適合する職《クラス》にしか使えない切り札。
④手番《ターン》が終わったら次のプレイヤーへ。
⑤全員の手番《ターン》が終了したらフェイズ1が終了。これを繰り返して勝利を目指す。

「……なるほど。俺もこのゲームは未経験者《ビギナー》。勝負は対等というわけだ」

満足げに頷《うなず》くダークス。

「重要なのはゴール以外にも勝利パターンがある点だ。ゴールするか相手のライフを削りきるか。どちらが有利かは状況次第だが……」

ダークスが見上げる頭上の電子ボード。

そこに新たな情報が表示されていた。

「聞き覚えがあるぞ。このゲームには無数の『職《クラス》』がある。ゆえにこのゲームは無限に派生版が存在するのだと」

プレイヤーはまず職《クラス》を一つ選ぶ。

それがこのゲームにおける最初の意思決定であり、後々に大きな影響を及ぼすのだ。

【選択「職《クラス》」：今回選べるのは次の四つから】
魔法使い：「攻撃」魔法を使用時、追加で＋1ダメージ。
治癒士：「回復」魔法を使用時、追加で＋1点のライフを得る。
旅人：賽子《ダイス》カード使用時、＋1マスを選んでもいい。（最大7マス移動が可能）
罠《わな》細工士：罠マス無効。かつ、自分が踏んだ罠を強化できる。

『運営《オペレーター》より通達。本ゲームは最大8人対戦が可能ですが、今回はシンプルな2VS2で執り行います』

「良かろう！」

割れんばかりの歓声が轟《とどろ》くなか、ダークスが声を張り上げた。

「俺は、我がチーム『この世界の嵐の中心《テンペスト・クルーザー》』から相方《パートナー》を一人選ばせてもらう」

「――お相手します」

腕組みするダークスの隣に、一人の少女が並び立った。

褐色の肌に、淡い青の髪をなびかせた涼やかな少女。

「ケルリッチ・シーです。立場上はダークスの部下になります。なぜか『夫婦《めおと》漫才コンビ』だの『早く結婚しろ』だの言われるのですが、私にとってのダークスは業務《ビジネス》上の仲間で、それ以外の感情は持ち合わせておりません。そのところ誤解のなきよう」

「うむ、行くぞケルリッチ」

「………………」

「どうしたケルリッチ？」

「……ちょっとくらい反応……いえ何でもありません」

ケルリッチと名乗った少女が、なぜか溜息《ためいき》まじりに首を横にふって。

「続きをどうぞダークス」

「さあフェイよ！」

黒コートを跳ね上げたダークスがこちらを指さして。

「次はお前が、お前の相方《パートナー》を決めるがいい！」

レーシェかパール。

フェイが振り返ったそこには、余裕の笑みを浮かべている炎燈色《ヴァーミリオン》の髪の少女と、大観衆のなかで居心地悪そうにしている金髪の少女。

「パールさ、すごい緊張して見えるけど」

「ひぁっ!? え、あ、あの！ あたしは……今回は遠慮しておきます！ だって2VS2だなんて、フェイさんとレーシェさんが組めば最強じゃないですか！」

パールが慌てて手を振ってきた。

「支部同士の親善試合《プライドマッチ》で、そんな大事なものにあたしが出て負けようものなら――っ！」

「ねえパール」

華奢《きゃしゃ》な指先が、金髪の少女の肩にそっと触れた。

「……レーシェさん？」

「――――」

パールが振り返るまでもない。

すぐ隣に、鮮やかに灯《とも》る炎燈色《ヴァーミリオン》の髪をなびかせるレーシェが立っていた。

その横顔に——

フェイが思わず息を呑《の》むほどに、美しく大人びた微笑を湛《たた》えて。

「あなた、まだ遊戯《ゲーム》が怖いかしら？」

「……っ！」

パールが全身をうち振るわせる。

気づいた。いや、思いだしたのだ。

遊戯《ゲーム》を前にして怖じ気《おけ》づく——華炎光《インフェルノ》での失敗を悔やむあまり、また失敗して迷惑をかけるくらいならと引退まで思い詰めていた頃と同じ。

ここで萎縮してしまえば、自分は何一つ変われていない。

「っ！」

愛らしげなパールの瞳に、光が宿った。

「——あたし、もう遊戯《ゲーム》が怖くなんかありませんっ！」

「頑張れる？」

「頑張りますっ！」

「うん」

レーシェがくるりと身を翻《ひるがえ》した。

その一瞬——

わずかな一瞬だけ、自分《フェイ》に向かってウィンクする仕草を残して。

「わたしは応援ね。フェイとパールで頑張って」

「……は、はい！」

握りこぶしでパールが返事。

「見ててくださいレーシェさん、あたし、絶対このゲームで活躍してみせますから！」

「ほう？」

対面に立つダークスが、その言葉に目を細めた。

「竜神レオレーシェ。神から人に受肉したものの、そのゲームプレイはまさに『神級』と。ここで相まみえるのを期待していたが……フェイと組むのはお前か」

「あ、あたしを甘く見てもらっては困ります！」

そんなダークスを睨《にら》みつけ、パールが自らの胸に手をあてた。

「レーシェさんと比べて見劣りするのは認めます。でもあたしだってフェイさんのチームの一員。それを証明してみせます！」

参加プレイヤー決定。

フェイ・パール組《ペア》VSダークス・ケルリッチ組《ペア》。

『運営《オペレーター》より、小型通信デバイスを配布します。ゲーム中の味方との会話が可能です』

「わっ、かっこいいです！」

小型マイクとワイヤレスイヤホンを装着し、パールが目を輝かせた。

「あーあー……聞こえますかフェイさん？」

「バッチリだ。これだけ巨大なフィールドだもんな。普通に話してたら対戦相手にも作戦が丸聞こえになるし、その対策も万全か」

続けて運営《オペレーター》からの音声が。

『これより魔法カードを五枚ずつ無作為《ランダム》で配布します。カード情報は味方と共有可能ですので、デバイスによる会話を活用してください』

「すごいですフェイさん、あたしたちの目の前に……！」

パールが興奮口調で目の前を指さした。

映像化されたカードが五枚ずつ、フェイとパールの前に投影されたのだ。

魔法カードが五枚。

大きくわけて「攻撃」「回復」「特殊」の三種類。

たとえば『大火球《メガフレイム》』──対象のプレイヤーに2点のダメージを与える。

これがパールの手札にある攻撃魔法だ。同じように回復、特殊などの魔法カードが配布されているが無作為《ランダム》ゆえにカードの偏りもある。

「……案の定、めちゃくちゃ偏ったなぁ」

フェイの手札構成は──

回復三枚。攻撃一枚。

そしてゲームの切り札になりえる秘奥カードが一枚。

……だけど秘奥カードは使用可能な職《クラス》が決められてる。

……俺のこのカードもそうだ。このカードが使える職《クラス》にするか悩むな。

フェイの秘奥カードはずばり「治癒士」専用。

だが素直に職《クラス》を治癒士にすれば、秘奥カードが手札にあると自白しているも同然。

「職《クラス》選びは迷いどころだな。パール、お前の手札は？」

「アタシの手札には秘奥カードは無いです」

やや残念そうな表情のパール。

対するダークスとケルリッチの二人も、互いのカードを公開しあっている。

「……あ、でもフェイさん。秘奥カードは無いですけど珍しい高速魔法があります」

パールが自分の手札を指さした。

その左端にある一枚のカード。

「なんとなく強そうだけど使いどころが難しそうで……」

「ん？……『自分のライフが5以下かつ手札が1枚の時のみ発動可能』って、本当に条件が厳しいな!?」

パールが指さしたのは「特殊」に該当する高速魔法カードだ。

初期ライフが20点、手札が5枚であることを考えると発動条件は相当に難しい。

……そのぶん効果はなかなか面白いな。

……俺の秘奥カードとも連携できるし、これを使った戦略も立てられる。

その上で。

自分たちの手札を考慮して職《クラス》を選ぶ。

【選択「職《クラス》」：今回選べるのは次の四つから】
魔法使い：「攻撃」魔法を使用時、追加で＋1ダメージ。
治癒士：「回復」魔法を使用時、追加で＋1点のライフを得る。
旅人：賽子《ダイス》カード使用時、＋1マスを選んでもいい。（最大7マス移動が可能）
罠《わな》細工士：罠マス無効。かつ、自分が踏んだ罠を強化できる。

「ぱっと見、能力がシンプルなのが『魔法使い』と『治癒士』だよな。要するに攻撃特化と回復特化ってことだろ？　で、応用の幅が広そうなのが『旅人』と『罠細工士』だよな。俺はこのどっちかにしたいけど、この二つの職《クラス》、まるで正反対だ」

「へ？」

パールが呆気《あっけ》にとられた表情で。

「魔法使いと治癒士が逆なのはあたしにもわかりますが……旅人と罠細工士《わなさいくし》ってそんなに正反対ですか？」

「ああ。もうヤバいくらい正反対だろ。旅人と治癒士が同じグループで、罠細工士は魔法使いと同じグループだ」

「？」

パールがきょとんと瞬き《まばた》。

旅人と治癒士が同じグループ？

さらには罠細工士と魔法使いが同じグループ？

「フェイさん、ぜひご説明を……」

「勝利プランだよ。旅人はゴールに早く到達できる。治癒士はライフを守る＝ゴールに到達して勝つための能力だろ。だからこの二つは『ゴールにたどり着いて勝つ』作戦を有利にする職《クラス》になる」

「……あっ!? そ、そうですね！」

「それと正反対なのが魔法使いと罠細工士だ」

わかりやすいのが魔法使いだ。

魔法カードの火力増大《ダメージアップ》。つまり「相手がゴールにたどり着く前にライフを〇《ゼロ》にする」。

罠細工士もそう。

注視すべきは「自分が踏んだ罠を強化する」。これは明らかに罠の大ダメージを相手に与えることが意図された能力だ。

「俺たち、職《クラス》を決める前に、どっちの勝利プランを狙うか決めないとな」

「……ゴール到達を狙うなら治癒士か旅人で、相手を倒したいなら魔法士か罠細工士かというわけですね？」

「そういうこと。その上で俺たちの手札を見ると――」

偏った。

自分たちは回復魔法が圧倒的に多い。

攻撃魔法が少ないため相手のライフを〇《ゼロ》にする勝利プランは難しい。狙うべきはすごくの王道『ゴールにたどり着いて勝つ』勝利プラン。

……ってのが正攻法に見えるよな。

……選ぶ職《クラス》は旅人と治癒士で、ゴール到達を目指す。

一方でフェイが注視したのは、無言でこちらを見据える黒コートの青年だ。

その不敵なまなざしが雄弁に物語っている。

……ほんと、わかりやすい強気な表情してるよな。

……ゴール到達なんて悠長な勝利、さらさら選ぶ気ないって感じだ？

相手の狙いは明確。

ならばこちらが選択するものは——

「受けて立つよ」

ダークス、そしてケルリッチ。

聖泉都市マル＝ラを代表する二人に、フェイは頷《うなず》いてみせた。

「俺が選ぶのは『旅人』だ！」

「あ、あたしが選ぶのは『治癒士』です！」

「なるほどな」

ダークスが満足げに首肯。

「俺たちの勝利プランは察したか。ならば答え合わせ、俺の職《クラス》は魔法使いだ！」

「そして私も魔法使いです」

続くケルリッチ。

その言葉に、フェイは一瞬我が耳を疑った。

「……両方とも魔法使いか？」

そんなバカな。

ダークスが魔法使いを選ぶのはわかる。

だが自分《フェイ》は、ケルリッチは罠《わな》細工士を選ぶと踏んでいた。

職《クラス》を分けることでゲームプランの幅が広がる。それを、この二人はあえて火力特化に戦略を絞ってきたのだ。

……魔法使いは、完全な火力特化の職《クラス》だ。

……俺たちのライフを削りきる。それ以外の勝利プランを全部捨てやがった！

究極の殺意だ。

自分たちを絶対にゴールまでたどり着かせないという、これ以上ない意思表示。

『全プレイヤーの職《クラス》が決定。ついにゲーム開始です！』

運営《オペレーター》の合図に、スタジアムの熱が一気に膨れあがる。

自分たちの前に現れる賽子《ダイス》カード。
1、2、3、4、5、6、と描かれた数字だけのカードが六枚。
「これがサイコロの代わりか。『全プレイヤーで同時に1～6までの好きな数を選択する』っていう賽子《ダイス》カードだよな」

この『Mind Arena』はサイコロを使わないすごろくだ。

1～6まで好きな目を宣言して進むことができる。

相手より先にゴールを目指す『すごろく』である以上、当たり前のように6を選択するのが最適解に見えるのだが……

「あぁぁっ！　あ、あたし凄《すご》いことに気づいてしまいました！」

パールが素っ頓狂な声をあげた。

彼女が指さしたのは、舞台《グラウンド》に描かれた巨大な盤面だ。すごろく盤だけあって何マス先に何があるのか一望できる。

1マス目：罠《わな》（ここで止まると大ダメージ）
2マス目：黄金マス（カードを2枚引く）
3マス目：銀マス（カードを1枚引く）
4マス目：銀マス
5マス目：罠
6マス目：銀マス（1ターン目に動ける最大）
7マス目：銀マス

「6を出すのがゴールへの最速ですが、あたしとフェイさんが同時に6を出したら二人とも損をしちゃうんですね！」

「……カードが引けなくなるな」

基本ルールにある。

銀マスと黄金マスは、二人以上が同時に同一マスに止まるとカードが引けない。

自分《フェイ》とパールが目先のゴールだけを考えて6マス進めば、同じ銀マスに止まってしまう。

そうなればカードが入手できない。

……このすごろくは、ゴールを目指しつつカードを集めるゲーム。

……だから小さな目に黄金マスが配置されてるのか。

6の目を出せば大きく前進。

だが2の目には、魔法カードを二枚引ける黄金マスがある。

進むか、手札補充を優先するか。

ゲーム開始早々に心理戦《マインドゲーム》を強制される。


『第一フェイズ開始。全プレイヤー、賽子《ダイス》カードを場に伏せてください』

響きわたるアナウンス。

それと同時、フェイは賽子《ダイス》カードを指さした。

「パール、さっき決めた職《クラス》の通りだ！　俺たちは先手必勝でいく！」

「は、はい！」

自分たちの賽子《ダイス》カードが裏向きに伏せられる。

それに続いてダークス、ケルリッチの賽子《ダイス》カードもだ。

ゲーム開始。

四人が選んだ賽子《ダイス》カードが次々とひっくり返った。

――フェイ「6」、ダークス「6」、パール「4」、ケルリッチ「2」。

フェイとダークスの数字が重なる。

観客のざわめきが轟《とどろ》くなか、ダークスが自信ありげに頷《うなず》いた。

「やはりなフェイ。お前ならば臆せず6を選ぶだろう。ゴールに到達するのにもっとも大きい数を選ぶのは道理」

「お互い様だろ？」

賽子《ダイス》の数の大きい者から順に手番《ターン》が回る。

……ただし数字が重複した場合、より早くその目を選んだ者に先行権がある。

……リアルタイムの即断力が求められる競技ゲーム！

ゆえにフェイは、ダークスに先んじて賽子《ダイス》カードを伏せていた。

『賽子《ダイス》の目が重複。先行判定により、手番《ターン》はフェイ、ダークスの順序となります』

「じゃあ俺の手番《ターン》だな」

パールに首肯して、フェイは舞台《グラウンド》のすごろく盤を歩きだした。

6マス目にある銀マスへ。

本来ならここで魔法カードを引くことができるが、ダークスも同じマスを選んでいるためカードを引くことはできない。

「フェイよ」

ふと背後にかかるダークスの声。

「一つ聞く。お前は本当にそこでいいのか？」

「何のことだ？」

「しらばっくれるな。お前の職《クラス》が旅人であることを、俺が見落とすとでも？」

旅人——賽子《ダイス》カード使用時、＋１マスを選んでもいい。

フェイだけは７マス目に行ける。

７マス目が銀マスであることから、ここに止まれば魔法カードを一枚引けるのだ。

それに対し——

「俺は旅人の能力を使わない」

「だろうな。あえて６で止まって俺のカードドローを潰しにきたか」

フェイの即答。

対して、問いかけた側のダークスはむしろ愉快そうに口の端を吊《つ》り上《あ》げてみせた。

「フェイ、お前の手番《ターン》を続けるがいい」

「言われなくても」

広大なスタジアムのすごろく盤で、６マス目で立ち止まる。

カードは引けない。

ゆえに残る行動は、自分の手札五枚を使うかどうかだが。

「あっ、そうだ運営《オペレーター》。これは２VS２のチーム戦だよな。組《ペア》のどちらかがゴールにたどり着けば勝ち。あるいは組《ペア》のどちらかがライフ0《ゼロ》になったら負け。俺とパールは一蓮托生《いちれんたくしょう》だ。ってことは互いの手札を交換するのはアリか？」

「――認められません」

そう応じたのは。

静かに手番《ターン》を見守っていた褐色の少女ケルリッチだ。

「原則ルールでは、プレイヤーの手札は固有とのことです。なお手札交換は魔法カードに似た効果のものがあります。それを引くことができたらご自由に」

「了解。俺も試しに訊《き》いただけだ」

小さく頷《うなず》き、ごくわずかな黙考。

その一瞬――パールに対してわずか一瞬だけ目配せしたフェイの挙動を、スタジアムの観客は誰一人として気づかなかったことだろう。

「俺は手番《ターン》終了だ。魔法カードは使わない」

「ならば俺の手番《ターン》だ！」

続くのがダークス。

自分《フェイ》と同じく6マス進むが、そこにある銀マスに止まってもカードは引けない。自分《フェイ》はそのまま手番《ターン》を終えたが――

「手札を温存したなフェイ。ならば俺はその逆を行く！」

　ダークスの咆吼《ほうこう》。

「俺のターン！　俺が使うのは魔法使いの秘奥スペルだ！」

「っ、いきなりか⁉」

　数あるカードの中でも最上位にあたる「秘奥」。

　最初の無作為配布《ランダム》で、ダークスは既に魔法使いの秘奥カードを引いていた。その切り札を初手で公開するというのか？

「見せてやろう、俺は結界魔法『熱情の律動《リズム》』を詠唱する！」

　AR映像によってスタジアムが炎に包まれた。

『熱情の律動《リズム》』――あらゆるダメージ発生時、追加で1点のダメージを受ける。

　ただそれ・・・・だけだった。

　魔法使いの秘奥なら、さぞかし恐ろしい特大ダメージに見舞われるはず。そう覚悟していたパールはむしろ拍子抜けした表情だ。

「……あ、あのぉ……」

　パールがおずおずと手を挙げて。

「テキスト確認です。この『熱情の律動』ってカードは、追加ダメージを受けるのはあたしたちだけですよね」

「違う」

「……はい？」

「このカードは全プレイヤーが対象。つまり俺が攻撃されれば、俺も追加ダメージを等しく受ける。諸刃《もろは》の剣となる効果だ」

「えっ？　ど、どうしてですか！」

狐《きつね》に摘《つま》まれたようにパールが口を半開きに。

どういうことだ？　魔法使いは敵を倒して勝つ勝利プラン。なのに自分までダメージを受けるようなカードをなぜ発動させたのか？

「俺の手番《ターン》は以上だ」

「……っ。わ、わかりました！　ならばあたしの手番《ターン》です！」

握りこぶしを作ってパールが歩きだす。

賽子《ダイス》の目のとおり4マス進んで、そこにある銀マスで魔法カードを一枚獲得。

これで手札は六枚。

「あたしも手札は温存します！　手番《ターン》エンドです！」

「では最後に私の番ですね。さて」

ざわっ。

スタジアムの観客の目が、ダークスの相棒であるケルリッチに集中した。

「カードを二枚引きます」

ケルリッチが選んだ賽子《ダイス》の目は2。

そう、黄金マスだ。

……俺が旅人で、パールが治癒士。

……どっちもゴール到達という勝利方法に適した職《クラス》だ。

ゆえに常に大きい目を出す必要がある。

フェイは賽子《ダイス》の6を選び、パールは4を選んだ。

特に後者のパールは「フェイが6を出すと読むダークスが、数字をずらして4を選んでくるであろう（5は罠《わな》マスなので回避）」読みの潰しの4だ。

それを逆手に取られた。

……俺らの行動なんか見てない。

……ケルリッチの戦略は、徹底的に黄金マスを狙ったカード補充か！

ケルリッチの手札は誰よりも多い七枚。

そして魔法使いの職《クラス》は火力特化。

魔法カードをかき集め、そこからの攻撃魔法で自分たちのライフを削りきる気だ。

「お見せしましょう」

ケルリッチの手が大きくひるがえる。

目の前に浮かぶ七枚の手札を指さして。

「正真正銘、今度こそ攻撃魔法です。私は『双雷撃《そうらいげき》』を詠唱。フェイとパールあなた方に1点ずつダメージを与えます」

「……あ。なんだ1点ですか」

パールがほっと胸をなで下ろす。

なにしろ初期ライフは20点。1点のダメージなど微々たるもので――

「いや、違う」

「え？」

「……なるほどね。パールこれやばいぞ。『熱情の律動』、魔法使いの秘奥カードってのは伊達《だて》じゃない」

冷たい汗が頬を伝っていく。

その汗を拭う余裕もないままに、フェイは頭上の電子ボードを見上げた。

――『フェイに4点の攻撃。残りライフ16点』。

――『パールに4点の攻撃。残りライフ16点』。

「はいぃっ⁉　どういうことですか！　だ……だって1点のダメージしか受けないはずの魔法カードですよ！」

パールが両手を振り回して必死の抗議。

「計算が間違ってますってば！」

「落ちつけパール、ダメージ計算は適正だ。魔法使いは、ダメージを与えたら1点の追加ダメージがある。そこに『熱情の律動』のダメージ1点が加算される」

「そ、そうですが……それでも3点のはずじゃあ……・・・・・・・」

「4点だ。熱情の律動の効果が二回発生したんだよ。攻撃魔法のダメージと魔法使いのダメージそれぞれで」

つまり、こうだ。
①：双雷撃の1点ダメージ。
②：ケルリッチの魔法使いの能力が発動して1点追加。（計2点）
③：①のダメージを誘因《トリガー》に、熱情の律動で1点追加。（計3点）
④：②のダメージを誘因《トリガー》に、さらに熱情の律動で1点追加（計4点）
この「熱情の律動」は、極悪の火力を生みだすキーカード。

本来、双雷撃のダメージは合計2点。

だが魔法使いの能力とのコンボで、ダメージは計8点にまで爆発的に膨れあがった。

「しかも永続的にだ。割と洒落《しゃれ》にならないかもな」

「……あたしたちこの勢いでライフを削られていくんですか！」

その瞬間。フェイたちへの大ダメージが表示された途端、何万人という観客の喝采が、スタジアムを揺るがせた。

空が割れんばかりの「ダークス！」コールが。

「わ、わわっ⁉　やっぱりあたしたち完全に敵地《アウェイ》じゃないですか。この人たち、みんな向こうの応援だったんです⁉」

「そりゃあな」

事務長曰《いわ》く、この男《ダークス》が聖泉都市マル＝ラの使徒筆頭だ。

都市のプライドを背負った英雄《ヒーロー》が戦う以上、ここで自分たちが完全に孤立する戦いになるのは自然な流れ。

……俺らがダメージを受けて、ダークスたちが優位に立つ。

……そりゃあ観客からしたら盛り上がる。

予想できていたことだ。

「気にするな。ゲームを楽しめるなら構わないだろ？」

ゲームに集中しよう。

そう自らに言い聞かせようとしたフェイの、すぐ背後から。

「が、がんばれ！　フェイ殿！」

観客席の最前列で、拳を握りしめる黒髪の少女がいた。

ネル・レックレス。

つい先ほどスタッフ通路を走って行った少女が、必死の形相で声を張り上げていた。

「ネル？」

「応援させて頂くと言っただろう！　これだけ多くの応援には勝てないが、せめてフェイ殿の戦いを見届けさせてもらうから！」

「……そっか。よくわかった」

「な、なんだフェイ殿？」

「あんた変わり者だけど良い奴《やつ》だな。ありがとう」

ふっと微苦笑で手を振り返す。

自分《フェイ》としてはただのお礼のつもりだったが――

「……………はうっ！」

「っておい⁉　ネル⁉」

気絶した。

ネルが胸の辺りを押さえて、観客席の手すりに寄りかかってくずおれていく。

「くっ。す、すまないフェイ殿。まさかの突然な告白に耐えきれず……」

「俺がいつ告白したんだよ⁉」

「…………ふうん」

じーっと。とても冷たい目でこちらを見つめてくるレーシェが、いつの間にか、ネルの隣の席に座って腕組みしていた。

なぜか、とても高圧的なまなざしで。

「フェイ」

「……な、何かなレーシェ」

「応援はわたしがしてるから。わたしがね。だからゲームに集中しようね？」

「……はい」

にっこりと微笑《ほほえ》むレーシェ。

有無を言わさないそのまなざしに背中を刺されて、フェイは正面に向き直った。

「さあ集中するかパール。なぜか背中に殺意を感じるけど」

「は、はい！　ですがあの……フェイさん、あたしたちの体力なのですが」

パールの歯切れが悪い。

なにせ相手の手札一枚で、いきなりライフの2割を失ったのだから。

「まだライフに余裕ありますが、これひょっとして……あたしたちゲーム序盤からすごく不利になっちゃいましたか？」

「ゲーム序盤じゃない」

「え？」

「下手するともう中盤だ。この火力、割と真面目に全滅する」

「まったく嬉《うれ》しくないです⁉」

「……想定以上に想定どおりの火力だな。魔法使いの秘奥カードを相手が引いてることも含めてかなり向こうに流れがある」

スタジアムの舞台《グラウンド》を丸ごと使った広大なすごろく盤。

フェイが見つめるのは、はるか奥だ。

「ゴールまで俺が38マスでパールが40マス。ってことは毎回6を出してもゴール到達まで7巡かかる」

相手は火力特化。

一方でそうさせない戦い方に持ちこむのが、自分たちの職《クラス》だ。

……パールの職《クラス》は治癒士だ。この能力で大ダメージを和らげれば延命できる。

……俺の旅人は、すごろく盤を高速で動くことを可能にする。

治癒士でライフを温存しつつ。

その間に、旅人の能力でマスを高速で進んでゴールを目指す。その狙いを——

「・・・・できるとでも？」

見透かしたかのごとく、褐色の少女ケルリッチがそう呟《つぶや》いた。

「私の手番《ターン》の続きです。私は結界『怨嗟《えんさ》の鎖』を詠唱します」

怨嗟《えんさ》の鎖――プレイヤーは、手札を消費するごとに1点のダメージを受ける。

「さ、さらに結界魔法⁉ なぜ魔法カードで直接攻撃してこないんですか⁉」

パールが目をみひらいた。

魔法使いの能力は、敵に魔法ダメージを与えた時に1点の追加ダメージを与えるもの。

いま見たように『熱情の律動《リズム》』と重ねるだけで大ダメージになる。

だが、相手が選んだのは結界魔法の重ねがけ。

それが逆に不穏さを感じさせる。

「すぐにわかります。私は五枚の手札を残して手番《ターン》終了です」

淡々とケルリッチが終了宣言。

「この第一フェイズ、互いに戦略がわかれたな」

ダークスが自信ありげに笑みを浮かべて。

「フェイよ、お前たちの狙いは最速のゴール到達。対して、俺とケルリッチは最大火力をもっての最速撃破というわけだ！」


第一フェイズ、終了。

フェイ：ライフ16点、手札5枚、現在地6（ゴールまで38マス）。
パール：ライフ16点、手札6枚、現在地4
ダークス：ライフ20点、手札4枚、現在地6
ケルリッチ：ライフ20点、手札5枚、現在地2

……トータルライフで8点差ね。

……だけど手札は俺とパールで計十一枚、向こうが九枚。そこは強みか。

こちらは手札を温存できている。

このゲームは、手札の数が戦術の幅に直結する。まだ一枚もカードを使っていない以上、相手もこちらの策を完璧には絞り切れていないはず。

……このゲームで運の要素は些少《さしょう》。

……勝負をわけるのは戦術だ。戦術の優劣がそっくりライフ差になって現れる。

ならば戦術の優劣は何で決まるか？

答えは「読み合い《リーディング》」。手札の数と賽子《ダイス》の目から、どちらがより正確に相手の狙いを察し、より高度な対抗策を用意できるかで決まる。

……だから絶対勘づかれちゃいけない。

……俺とパールの狙いは、最初っから一つしかないからな。

たった一つの戦術。

旅人と治癒士の職《クラス》を選んだ時から、既に覚悟はできている。

「パール」

隣に立つ少女へ、そっと小声で話しかける。

「どんなカードゲームにも共通する究極のテクニックがある。知ってるか？」

「え？　な、何です？」

「手札を使いきらないこと。役に立たないカードでもいいから使いきらずに一枚は残しておけ。ハッタリ用にだ」

切り札は残しておくもの。

どんな窮地でも最後の一枚で大逆転の可能性がある——という心理を逆手に取った虚実《ブラフ》を成立させるために、手札は必ず残しておく。

「逆に言えば一枚以外は躊躇《ためら》わず使っていけ。魔法使い二人相手に温存してたら俺らのライフが先に燃えつきる」

「が、合点です！」

ゲームは第2フェイズへ。

まずはプレイヤー四人による賽子《ダイス》カードの選択だ。

現在地は2マス目にケルリッチ。4マス目にパール。6マス目にフェイ・ダークス。

8マス目：黄金マス（ケルリッチが到達できる最大値）
9マス目：銀マス
10マス目：銀マス（パールが到達できる最大値）
11マス目：罠《わな》
12マス目：銀マス（フェイとダークスが到達できる最大値）

『第2フェイズ開始。賽子《ダイス》カードを選んでください』


「パール！」

隣の相方に向けて、フェイは叫んだ。

「迷うな、潰せ！」

「はい！」

全プレイヤーの賽子《ダイス》カード、開示《オープン》。

四人が出した数字に、観客がどよめいた。

──ダークス「6」、ケルリッチ「6」、フェイ「6」、パール「4」。（開示順）

フェイとダークスが再び銀マスで潰し合い。

だが真に注目すべきは、後者。

前ターンで4を選んだパールが4。前ターンで2を選んだケルリッチが6。

つまり合計8マス目。パールとケルリッチが同じ黄金マスに並び立ったのだ。偶然ではない。明らかに潰し合いが発生した。

「……っ」

褐色の少女が、ぴくりと眉を動かした。

水のように涼しげだったまなざしが、ここでわずかに揺れた。

「狙ってきましたね。私が黄金マスを片っ端から狙っていくのを見越して、同じマスを選んで手札補充をさせない気ですか」

「と、当然です！」

ケルリッチをにらみ返すパール。

「魔法使いの火力は脅威ですが、魔法カードがなければ使えません。あなたが黄金マスを狙ってくるのは読めました！」

フェイとダークスが12マス目の銀マス。

パールとケルリッチが8マス目の黄金マス。

どちらもマスが重なったことでカードは入手できない。手札に残っているカードも使い続ければいずれは尽きる。

これは、ゴール到達を狙うフェイとパールに有利に傾く。

「ならばこちらも戦略を変えます。宣言しましょう。私は次から黄金マスを狙いません」

「……何ですって」

「次から私の狙う目が読めないでしょう？　意図的にマスを重ねることができない以上、私のカード入手を妨げる手立てはありません」

「……そ、そんな心理戦には乗りませんってば！」

パールが奥歯を噛《か》みしめた。

相手の言葉に呑《の》まれまいと、自らを鼓舞するように片手を振り上げて。

「あたしだって攻撃しますよ！　高速魔法『パールファイア』で！」

パールファイア？

フェイ、ダークス、ケルリッチ。それに観客席が一斉に首を傾《かし》げた。

そ・ん・な・カ・ー・ド・あ・っ・た・っ・け？

「なあパール、それは……」

「高速魔法はいつでも使える便利な魔法です！　たとえ相手のターンでも使えちゃうので奇襲に最適です！」

「いやそれは知ってるんだけど、俺が聞きたいのは……」

訊《たず》ねるフェイの目の前で、パールの指さしたカードが表向きにひっくり返った。

大火球《メガフレイム》。

対象のプレイヤーに2点のダメージを与える、と書かれたカードが。

「カード名違うじゃん⁉」

「いいえフェイさん、これは『パールファイア』です、大火球《メガフレイム》なんて格好《かっこ》悪い名前では、あたしを満足させることはできません！」

「いや格好いいかどうかじゃなくて、仲間の俺が混乱して困るか──」

「というわけでパールファイア！」

立体映像の炎が吹き荒れた。

ダークスに3点ダメージ。

「ふふん？　どうですかフェイさん、通常2点の大火球《メガフレイム》も、パールファイアと名付けることでダメージアップです！」

「単なる『熱情の律動《リズム》』の追加ダメージだろ。あとパール、わかってると思うけどお前も2点ダメージ食らうぞ」

「へ？」

瞬間、パールの目の前で火花が迸《ほとばし》った。

「きゃぁっ⁉　な、なんですか！」

結界魔法『怨嗟《えんさ》の鎖』、発動。

カード使用が誘因《トリガー》となり、パール自らが1点のダメージを受ける。

このダメージ発生を誘因《トリガー》に、『熱情の律動《リズム》』が追加で1点。

「ど、どうしましょうフェイさん⁉　あたし……ライフを守るはずがまた2点も失ってしまいました⁉」

「……忘れてたのか」

結界『怨嗟の鎖』と結界『熱情の律動《リズム》』。

この二つが場にあるかぎり、手札を消費するごとに2点ダメージが発生する。

魔法使いの火力に抵抗しようとこちらも反撃すれば、ますます自分のライフ減少を早めてしまうことになる。

「ああそっか。手札を使うたびに2点ダメージってことは、ライフを2点回復する魔法を使っても差し引きゼロになるな。1点回復ならむしろ逆効果だ」

「っ⁉　治癒士のカウンターじゃないですか⁉」

「パール、お前もああいう結界魔法ないか？　たとえば手札を引くたびにライフを回復するなんてのは」

「……っ。引けてません」

パールが奥歯を噛《か》みしめる。

「フェイさんは？」

「俺もだ」

自分《フェイ》の手札は五枚。

すぐに使える回復カード三枚、そして発動できない死に手のカードが二枚。

……俺もパールも結界魔法は引けてない。

……できれば相手の結界どちらか一つは潰したいところだけどな。

特に厄介なのが『熱情の律動《リズム》』だ。

魔法使いの秘奥だけあって、こちらの想定したダメージ計算が大きく狂う。

「私たちの手番《ターン》ですね」

ケルリッチの視線に、鋭さが増した。

「パール、あなたの高速魔法に割り込みされましたが、ここからは賽子《ダイス》カードの目の順で手番《ターン》が回っていきます」

賽子《ダイス》カードの目の大きい順に手番《ターン》が回る。

目が同じなら、より早く目を選んだ者に先行が与えられるリアルタイム戦略ゲーム。

手番はダークス（6）、ケルリッチ（6）、フェイ（6）、パール（4）の順。

「俺の先行だ！」

賽子《ダイス》カードの通り6マス進んで12マス目へ到達。

その上で、ダークスが自らの手札を指さした。

「パールとやら。お前から受けた痛みをそっくり返してやろう。俺は『ダークスサンダー』」

を詠唱する！」

ダークスサンダー？

またしても聞いたことのないカード名が登場だ。もちろんフェイやパールは知らないし、会場の観客たちも困惑気味でざわめくなか——

「…………大暴雪《ブリザード》です。正式名称」

相方の少女ケルリッチが、消え入りそうなほどの小声でそう呟《つぶや》いた。

恥ずかしそうに赤らめた顔で。

「たぶん、先ほどのパールファイアへの対抗心かと……ダークスは負けず嫌いなので」

「パールとやら」

ぎらり、と。

ダークスの熱いまなざしが金髪の少女に向けられた。

「驚いたぞ。初めてプレイする『Mind Arena』で、大胆にもカード名に自分の名をつけるとは。その類《たぐ》い希《まれ》なアイディア、見事とほめてやろう」

「そうでしょう！」

「ならば俺も受けて立つ。俺はこのカードを『ダークスサンダー』と名付ける！」

張り合うんだ？

あと雷《サンダー》の要素はどこから来たんだ？

そんなフェイの小声の呟《つぶや》きは、スタジアムの歓声に掻《か》き消《け》された。

ダークスサンダー（※大暴雪《ブリザード》）はダメージ3点。魔法使いの能力、そして熱情の律動《リズム》の効果が上乗せされる。

ライフ14のパールに、合計6ダメージ。

「ってあたしの体力もう残り8点じゃないですか⁉　まだ始まって二ターン目なのにこれじゃあ次かその次で本当に追い詰められて――」

「追い詰める？　いいえ、ここで終わらせるつもりです」

ケルリッチが動いた。

賽子《ダイス》カードのとおり6マス先の黄金マスへ。

「私の手番《ターン》。自魔法『天の振雷』を詠唱。カードコストとして私が1点を受ける（『熱情』『怨嗟《えんさ》』込みで4点）かわりに対戦相手に4点のダメージです。ここに魔法使いと熱情の律動《リズム》が加わって合計7点。パール、あなたの残りライフは1になる」

「あ、あたしには高速魔法があります！」

パールの叫び。

「回復魔法『富を希望に』！　あたしの手札を一枚ゲームから除外します。そのうえで、手札の枚数（除外前）×2までのダメージを軽減します。これで8点までダメージを軽減。さらにあたしの職《クラス》は治癒士なので合計9点までのダメージなら――」

「引っかかりましたね」

「え？」

「――高速魔法『強欲の代償』、発動」

黒コートをなびかせた青年の、厳かなる言葉。

「相手が回復魔法を詠唱した時のみ発動可能、その回復を打ち消して無効にする」

「っ⁉」

「カードを使わせたのはわざとです」

ダークスの言葉を継いだのは、褐色の少女ケルリッチだ。

「あなたの魔法は無効化された。これで私の7点ダメージが通り、あなたのライフは1。さらにあなたが『富を希望に』を発動したことで結界魔法『怨嗟《えんさ》の鎖』が発動。あなたは追加で2点のライフを失う」

回復魔法をわざと消費させたのだ。

その手札消費が誘因《トリガー》となって『怨嗟の鎖』が発動。パールに残るはずだった1ライフをゼロまで削りとる。

パールはライフ0となり脱落する。

「それともパール。残る三枚の手札に、まだ高速魔法が残っていますか？」

「……そ、それは……！」

「無ければお終《しま》いですね」

裁判官のごとく「敗北」を突きつける褐色の少女。

「『怨嗟の鎖』の2ダメージを受けて、パール、あなたの体力は尽き――――」

「焦《あせ》るなよ」

その罪状を。

フェイは、自らの手札を指さすことで覆《くつがえ》した。

「パールの手札に無いからって、俺に残ってないと誰が決めた？　高速魔法『心に包帯を』。対象プレイヤーへのダメージを2点軽減する！」

「……邪魔をっ！」

「こんな早くゲームが終わったらつまらないだろ？」

パールの残りライフ、1点。

致命傷すれすれの生還だ。

……わかっちゃいたけど向こうの戦術は火力特化型。

……パールに集中砲火するのは当然だな。厄介だけど理に適《かな》ってる。

このゲームの勝利条件は二つある。

味方のどちらかがゴールに到着するか、相手どちら・か・の・ライフを0にすること。

ゆえにライフを0にする標的はパール一人でいい。

「フェイ、この場では味方を助けることが自らを苦しめることを忘れるな！」

ダークスの指が突きつけられた。

「お前が手札を消費したことで、結界魔法『怨嗟《えんさ》の鎖』が発動。『熱情の律動《リズム》』と合わせて2点のダメージを受けてもらう！　お前のライフは残り14だ」

「ああ、当然狙い通りだ」

フェイの手番《ターン》へ。

6マス移動し、ダークスの立つマスへと並び立つ。

「俺は、いま俺自身が受けたダメージを誘因《トリガー》に、攻撃魔法『天軍の剣』を詠唱する！」

天軍の剣――

自身がダメージを受けたフェイズにのみ発動可能。相手に5点のダメージを与える。

「ダークス、計6点のダメージを受けてもらう」

「……何ですってっ!?」

ケルリッチが瞼《まぶた》を見開いた。

「まさか先ほどの回復魔法、そこまでを計算して……」

そう。

この『天軍の剣』は、本来フェイの手札で「死に手」だった。

自分がダメージを受けた場合のみ発動可能の大魔法。そしてダークスとケルリッチは、ひたすらパールを集中砲火した。

攻撃されないフェイは、このカードは永遠に使えないはずだった。

「その『天軍の剣』は、攻撃を受けた時の反撃用。まさか『怨嗟の鎖』からの被ダメージを誘因《トリガー》に『天軍の剣』を詠唱だなんて……この状況、味方《パール》を助ける回復魔法だけで思考が一杯のはずなのに」

押し殺した声の、ケルリッチ。

「……そしてフェイ、あなたの手番《ターン》は終了ですか？」

「いいや。この手番《ターン》でもう一つ自魔法『魂の犠牲』を使う。俺の手札から不要なカードを一枚捨てる。『魂の犠牲』と合わせて二枚を封印庫《ハンガー》に格納することで、俺たち二人のライフを3点ずつ回復させる」

集中砲火を受けるのはパール。

ならば道理は単純。こちらも回復をパールに回せばいい。そしてフェイの手番《ターン》終了後も、さらにパールの手番《ターン》で回復を上乗せできる。

「あたしの手番《ターン》です！」

パールが4マス先の黄金マスまで歩いて、ケルリッチと並び立つ。

パールの手札は三枚。

高速魔法こそ無いが、自ターンのみ使える自魔法は残っている。

「あたしは自魔法『オアシスの水』を詠唱してライフを4点回復します。治癒士の能力を足して計5点です！　これを二枚使います！」

ただし、このカード消費にも『怨嗟《えんさ》の鎖』・『熱情の律動《リズム》』が発動する。

二枚使った回復合計は差し引き6点。

「行動終了です！」

第2フェイズ終了。

フェイ　：ライフ13点、手札1枚、現在地12（ゴールまで32マス）。

パール　：ライフ10点、手札1枚、現在地8

ダークス　：ライフ7点、手札2枚、現在地12

ケルリッチ：ライフ16点、手札4枚、現在地8

生き延びた。

そしてゴールに近づくこともできた。

……だけど俺らの状況は悪化した。

……特に、手持ちのカード総数で逆転されたのが痛すぎる。

一見すれば。

ダークスの体力が底を突きかけているように見えるが、自分たち《フェイ》の手札2枚に対して、相手は6枚と温存している。
……ダークスの体力が少ないのは嘘《ブラフ》。十中八九、回復魔法が手札にある。
……実質的な体力は残り10、いや13以上で想定しておかなきゃな。
ゆえに水面下での差は相当だ。
相手は二枚、三枚と切り札を残しているだろう。一方で、こちらは次ターンでパールの体力が削りきられる可能性がある。
「察したようだな。手札の差は歴然だ」
ダークスがにやりと口の端を吊《つ》り上《あ》げた。
「フェイよ、ゴールまで到達できると思うな。この第3フェイズが俺たちの勝敗を分かつ分岐点だ！」
現在地――8マス目にパール・ケルリッチ、12マス目にフェイ・ダークス。
13マス目：銀マス
14マス目：黄金マス（パールとケルリッチが出せる最大値）
15マス目：銀マス
16マス目：罠《わな》
17マス目：銀マス

18マス目：銀マス（フェイとダークスが出せる最大値）
19マス目：黄金マス

『第3フェイズへ移行。賽子《ダイス》カードを選択してください』


「パール！」

隣の相方へと振り向き、フェイは叫んだ。

「俺たちは、俺たちが決めたとおりの勝利ルートを目指す！　最初から最後までな！」

「もちろんです！」

賽子《ダイス》カード、開示《オープン》。

パール「6」、フェイ「6」、ケルリッチ「5」、――そしてダークス「4」。

会場がどよめいた。

ダークスが仕掛けたのは一目瞭然。

ここで初めて6以外を出したから？　もちろんそれもあるが……

「……まさかっ⁉」

パールが、ダークスの賽子《ダイス》カードを何度も何度も見返す仕草。

我が目を疑ったのだろう。それはフェイも同じだ。いや、この男ならあるいは仕掛けてくるかもという予兆はあった。

……ここで披露してくれるってわけか。

……本気でこのターンで決着させる気だな！

「どういうことです！」

大粒の汗を頬に浮かべるパール。

そのまなざしの先には、威風堂々と腕組みするダークスの姿が。

「4マス先は罠マスですよ！……自分から罠《わな》を踏んでダメージを受ける気ですか！」

フェイが進む先には銀マス（18マス目）。

パールは黄金マス（14マス目）。

ケルリッチは銀マス（13マス目）。

そしてダークスが進む先は、まさかの罠マス（16マス目）なのだ。

「すぐにわかる」

パールに対する、ダークスの鋭利なまなざし。

「さあ、賽子《ダイス》カードの目の大きいお前たちが先にターンを済ませてもらおう」

「で、ではあたしの手番《ターン》ですね！」

パールがすごろく盤を勢いよく歩きだす。

その一瞬、後方のケルリッチを盗み見たのは、彼女の狙いを測りかねたからだ。

手札補充のために黄金マスは最善手。だから潰し合いも覚悟でケルリッチも6を出してくる。その予感が見透かされたかのように躱《かわ》された。

さらには、後ろに控えているダークスも不穏極まりない。

「あたしは黄金マスで二枚のカードを引き、そのうちの一枚を使います。大魔法『パールバリア！』を展開！」

おい。またか。

スタジアム全員のツッコミが、心の内で重なった。

「パール……一応聞いておくけど正式名称じゃないよな？」

「『漆黒の帳《とばり》』というらしいです。これからあたしが受ける魔法一つを無効化します！これにてあたしは終了です」

「仲間《おれ》を混乱させてどうするんだよ……まあいいや。次は俺の手番《ターン》だ」

フェイが進んだ先は銀マス。

ここで初めて旅人の能力が活用できる。

「俺は、旅人の能力をここで使う。自分が出した賽子《ダイス》カードに＋1マス。これで計7マス進ませてもらう」

七マス目にあるのは黄金マス。

パールと同じく二枚のカードを引き、これで手札は三枚。

「手番終了《ターン》だ」

答えたのは、次に手番《ターン》となったケルリッチだ。

「パール、あなたの魔法も警戒用としては正解です。後攻を選んだ私とダークスが何かを仕掛けると踏んだ。ですが、それではまだ足りない」

褐色の少女が、靴音を立ててすごろく盤を進んでいく。

銀マスに止まってカードを一枚引いて。

「どんなに警戒しようとも、既に勝敗は決しているのです」

その華奢《きやしや》な指先でカードを指さして。

「私は、『大火球《メガフレイム》』を詠唱」

「っ！　あたしのパールファイア!?」

「『大火球《メガフレイム》』です」

パールの訴えは無視された。

「対象はもちろんパール《あなた》」

「そ、そう来ると思ってましたよ！　ですが、あたしがパールバリアを展開したのを忘れてもらっては困ります！」

「『漆黒の帳』のことなら、それも計算の範疇《はんちゆう》です」

二つの魔法が消滅。

その映像には見向きもせず、ケルリッチが自らの手札に目をやった。

「私の手札は四枚。ここで『絶対平等資本』を詠唱します。全プレイヤーは手札が四枚になるまでカードを引くか、四枚になるまでカードを捨てて頂きます」

「っ⁉ ど、どういうことです？」

「あなた方は手札が四枚になるまでカードを引いて結構ですよ。最後に、私は、この時限魔法をセットします」

ケルリッチの手札の一枚が、裏向きのまま場《フィールド》の中央へ。

時限魔法「？？？」――フェイズ終了時に開示・発動する。効果不明。

効果は不明。

だが一つ明確なのは「罠《わな》を張っています」という自白も同然ということだ。自分たちに準備の時間を与えるかわりに強力な効果であると予想できる。

……それにケルリッチのあの自信。

……俺たちのライフを削りきる大ダメージ魔法か？

と。

そんな自分たちを前に、ケルリッチが淡々とした口ぶりで。

「パール」

「な、何ですか!?」

「私の詠唱した『絶対平等資本』で、私たちは計三枚、あなた方も計三枚のカード増加になりました。状況《ターン》は変わらないと思うでしょう？　でもすぐにわかります」

既に三人の手番《ターン》が終了した。

残すは——

「俺の手番《ターン》だ」

コートを大きくなびかせて、肩で風を切るようにダークスが歩を進めていく。

赤に塗りつぶされた罠マスへ。

「魔法カードが入手できず、自身は大ダメージを受ける。ここは損失《デメリット》しかないマスだと、そう思っているだろう？」

長身の青年が振り返った。

「この『Mind Arena』は、プレイヤーが好きな出目を出すことができる。自分の意思で罠を回避できる分、踏んだ場合の代償《ペナルティー》は高くつく」

その声音に滲《にじ》む、勝利の自信。

「俺のライフは7点。そして罠のダメージも7点。俺がこのまま罠のダメージを受ければ敗北……だが俺は高速魔法『ダブルトラップ』により、罠《わな》のダメージ先を変更する！」

「えっ⁉」

「そうくるよな……！」

パールが口を半開きに。

その隣で、フェイは奥歯を噛《か》みしめていた。

「罠を自分から踏むなんて、そのダメージを他人におっ被《かぶ》せる以外にない」

「だがフェイ、ルールを思いだすことだ。罠によるダ・メ・ー・ジ・は・軽・減・で・き・な・い」

「っ！」

「察したようだな。俺の『ダブルトラップ』で移されたダメージは軽減できない。パールのライフは8、そして罠からの反射ダメージは7。熱情の律動《リズム》の効果で8となる！」

「……そのための大火球《メガフレイム》か！」

罠のダメージは軽減できない。

ただし軽減できずとも無効可能だから、パールの『漆黒の帳《とばり》』ならば防げる。

ケルリッチは先んじて大火球《メガフレイム》を撃つことで、漆黒の帳のバリアを消費させていた。完璧なコンビプレイだ。

「終わりだ！」

「いいやまだだ！」

ダークスの言葉を遮り、フェイは吼《ほ》えた。

「俺の手札が四枚になったのを忘れてもらっちゃ困る。高速魔法『双子の痛み』、これで、パールが受けるダメージの任意分を俺が肩代わりする！」

ダメージは軽減できない。

だがダークスがやったように、そのダメージ対象を移し替えることはできる。

「パールが受けるダメージは3点。そして俺が5点だ！」

「……なるほど。対応する手札はあったか」

ダークスの眼光は揺るぎない。

自分《フェイ》の妨害によってパールを仕留め損なったにもかかわらず。

「フェイ。お前がカードを発動するのを待っていた」

「……何だって」

「俺は高速魔法『沈黙命令』を発動！　フェイズ終了までお前のあらゆるカード使用を封印する！」

……カード使用封印!?　俺のカード使用を誘因《トリガー》にしたカウンターか。

……だけどこのタイミングで？

フェイ　：ライフ6点、手札3枚、現在地19（黄金マス）

パール　　：ライフ5点、手札4枚、現在地14（黄金マス）
ダークス　：ライフ3点、手札2枚、現在地16（罠《わな》マス）
ケルリッチ：ライフ10点、手札3枚、現在地13（銀マス）

「フェイさんのカードがっ⁉」

「落ちつけパール。俺一人が動けないだけで、お前のカード使用まで封じられちゃいない。

それにこの第3フェイズはもう終わる！」

最後のダークスまで手番《ターン》が終了した。

このタイミングで自分《フェイ》のカード使用を禁止する必要はないはずなのに。

「――いいえ」

ケルリッチの否定が、フェイの声を遮った。

「フェイ、カード使用を封じられたあなたは、もはやパールを救えない」

「なにっ」

「全プレイヤーの手番《ターン》終了につきフェイズ終了。ここで私の時限魔法を開示《オープン》！」

裏向きのカードが翻《ひるがえ》る。

その正体に、フェイとパールの表情は同時に凍りついた。

時限魔法『運命』――
①フェイズ終了時、全プレイヤーはこのフェイズで引いた手札分のダメージを受ける。
②引いた枚数が「4」以上のプレイヤーは10点のダメージを受ける。

……そういうことか！

……ダークスが罠マスを選び、ケルリッチが黄金マスを選ばなかった真の理由！

この時限魔法《きりふだ》があったから、カード獲得をあえて抑えたのだ。

フェイが引いたのは3枚（黄金マス＋『絶対平等資本』で1枚）。

ダークス2枚（『絶対平等資本』で2枚）

ケルリッチ2枚（銀マス＋『絶対平等資本』で1枚）

そして。

「……………そ、そん……な……」

金髪の少女の唇が、みるみる血色を失って青ざめていく。

パ・ー・ル・が獲得したカ・ー・ド・は4枚。

「悟ったようですね。私たちが、あなたに大量のカードを引かせた真の理由。すべてはこのための布石」

パールの眼前で。

場に置かれた時限魔法『運命』に、炎が灯《とも》った。

「パール、あなたのライフは残り5。ここに10点もの大ダメージが発生します。あなたの回復魔法で防ぎれますか」

「…………」

パールが唇を噛《か》みしめる。

その沈黙が答え。

「無いでしょうね。やはり彼《フェイ》を封じておいて正解でした」

カードが光り輝いた。

即死同然の10点ダメージがパールへと迫って――

「あたしは……あたしは、いつまでもフェイさんたちの足手まといじゃない！　まだこのターンは終わらない！　終わらせません！」

パールが吼《ほ》えた。

その手で、手札の右から二番目を指さして。

「『死亡遊戯《ラストダンス》』を詠唱！　ライフ0を宣告された場合のみ発動するカードです！」

高速魔法『死亡遊戯《ラストダンス》』――

新たな一ターンを得る。ただしターン終了時に懲罰《ペナルティ》20点のダメージ。

「なっ!?」

「それは……!」

ダークス、ケルリッチの双方が身構えた。

時限魔法『運命』が発動するのはフェイズ終了時。

そこにパールの追加手番《ターン》がフェイズ終了前に割りこんだ。これが終わるまでフェイズは終了せず、時限魔法も発動しない。

「けれど強いカードには代償《リスク》がある。この最終手番《ターン》であたしが勝利できなかった場合、あたしは『死亡遊戯《ラストダンス》』から20点のダメージを受けて敗北します」

「……悪あがきを!」

パールを睨《にら》みつける褐色の少女。

「相方《フェイ》はカード使用を封じられている。あなた一人で私たちのライフを削りきるとでも!」

「……負けることは怖くない」

金髪の少女が奥歯を噛みしめ、顔を上げた。

「あたしが恐れるのは、ゲームから逃げてた自分のままで終わること！　ここで逃げたら、何も変われないから！」

『死亡遊戯《ラストダンス》』発動。

パール・ダイアモンド、全ライフを賭した最終手番《ターン》――

ゲーム『Mind Arena』

【勝利条件1】最終手番《ターン》、パールがゴールに到達すること。

【勝利条件2】最終手番《ターン》、パールがダークス・ケルリッチ片方のライフを0にすること。

【敗北条件】勝利条件1か2を達成できなかった時。

ターン終了時に『死亡遊戯《ラストダンス》』の懲罰《ペナルティ》20点を受けてパールが脱落。
※次元魔法『運命』の発動前にパール敗北。

……俺たちが勝つ道は二つ。

……ただしゴールまでは30マス。この最終手番《ターン》じゃまず実現不可能だ。

必然的に勝利プランは一つ。

パールが、ダークスかケルリッチのライフを0まで削りきること。

――拳を握る。

大歓声がスタジアムに満ちるなか、フェイは、相方である少女の背を見つめた。

……俺からのバトンは渡し終えた。

……あとは信じるだけだ。俺が選んだ相方を。

この最終手番《ターン》。

自分たちが溜《た》めていたライフも手札も作戦も、全てを出し尽くせるように。

「あたしのターン！」

パールの賽子《ダイス》カードは「5」。フェイの現在地と同じ黄金マス（19マス目）へ。

ここで魔法カードを二枚補充。

パールはライフ3、手札は5枚。

「まずあたしは自魔法『命の鼓動』を発動。ライフを4点回復しますが、現在ライフが3を切った時にかぎり回復するライフは9点です！」

治癒士、怨嗟《えんさ》の鎖、熱情の律動《リズム》が発動し——

パールのライフは11。手札4枚をすべて使いきれる体力を得た。

「信じろパール、この手番《ターン》で全部使いきれ！」

「はいフェイさん！……あたしの手札にある攻撃カードは三枚。攻撃するのは、もちろん残りライフ3のあなたです！」

黒コートの青年を指さして。

「まず一枚目、『カウンターボルト』！　4点の基礎ダメージに加えて熱情の律動《リズム》の追加ダメージで計5点です。これが通れば——」

「ならば俺は高速魔法『応急処置《ファーストエイド》』により、その5点ダメージを軽減する」

ダークス、残りライフ1。

「……あたしの攻撃魔法はまだ残ってます！」

パールの手札はあと三枚、うち攻撃魔法は二枚。

「あたしの『パールファイア』、これが通ればお終《しま》いです！」

「私をお忘れですか？」

ダークスを庇《かば》うかたちで。

額にかかった青髪を振り払い、ケルリッチが前に進みでた。

「高速魔法『聖者のほどこし』でライフを4回復します。これを二枚使って私たちを回復。ダークスのライフは2点、私のライフは10点です」

「っ！」

「私の手札にあった回復魔法がこの二枚でした。惜しかったですね」

「……いいえ」

パールが、弱々しく首をふる。

「予想済みです。あなたたちの手札の中に回復魔法があるなんて。だからあたしはそれが尽きるまでこのカードを温存していたんです！」

パールの指さしたカードが翻《ひるがえ》った。

攻撃魔法『古《いにしえ》の言葉』。

このフェイズに使用されたダメージ系魔法の総数に等しいダメージを加える。

「使われた魔法は——大火球《メガフレイム》、ダブルトラップ、時限魔法『運命』、カウンターボルト、パールファイアの5枚！　熱情の律動《リズム》のダメージを加えて計6点です！　ダークスさん、これであたしたちの勝利です！」

ダークスは残りライフ2、手札が一枚。

手札を消費することで自らも2点のダメージを受けることから、残る手札は使えない。つまり『古の言葉』を防ぐ手段がない。だが。

「……確かにその通りだ」

なんとこの男は突如として腕組みし、そして目をつむってみせた。

「な、何ですかその態度は⁉」

「見事なゲームプレイだ」

目を閉じたまま。

ダークスが、静まりかえる会場でそう口にした。

「相方のフェイは動けない。その状況下、お前一人で俺とケルリッチをここまで攻め立てることは想像できなかった。お前は、フェイの足手まといではない」

「……そ、それが敗北宣言ですか⁉」

「一手差だ」

ダークスの手札、その最後の一枚が浮かび上がった。

「俺は高速魔法『因果転換』を発動！　俺が受ける全ダメージを相方《ケルリッチ》に移し替える！　俺が受ける手札消費のダメージもろともだ！」

「なっ⁉」

「ケルリッチの体力は10。受けるダメージは計8点。よって俺たちは両方が生還する」

ダークス残りライフ2。

ケルリッチ残りライフ2。

正真正銘、極限まで互いの資源《リソース》を使い果たした最終ターンと言えるだろう。追い詰めた、その言葉に誰一人として異論はない。

だが——

パ・・・ル・・・は・・・す・・・べ・・・て・・・の・・・攻撃魔法を使い切った。

これ以上、ダークスとケルリッチに対してダメージを与える手札はない。

「……あたしの……手番《ターン》は……終わりです」

パール自らの宣言で手番《ターン》終了。

高速魔法『死亡遊戯《ラストダンス》』の代償《ペナルティー》20点を受けてライフが尽きる。

フェイたちの敗北だ。

「……ごめんなさいフェイさん」

パールがふっと微笑《ほほえ》んだ。

すべてを出し尽くして戦った、疲労困憊《ひろうこんぱい》の姿でもって。

「あたし、フェイさんに頼らずに勝とうと頑張ったけど……まだ未熟でした……」

「なに言ってんだ」

そんな金髪の少女へ。

フェイは、とびきりの微笑でもって応じてみせた。

「勝・っ・た・の・は・俺・た・ち・だ。最高の相方だったぜパール」

「何っ⁉」

「なっ⁉」

ダークス、ケルリッチ。その二人だけではない。スタジアムの何万人という観客たちが、我が耳を疑ったことだろう。

「な、何を言っているのですあなたたち⁉」

堪《たま》らず叫んだのはケルリッチ。

「パール！　あなたはすべての攻撃カードを使い切ったはず。ターン終了を宣言したのが証拠ではないですか！」

「……あたしの最後の一枚」

鋭い剣幕《けんまく》で迫るケルリッチへ。

パールは、最後に残った一枚の手札にそっと触れた。

「ようやく発動条件が満たされました。あたしが今まで温存してきたこれは……」

空を見上げる。

遠い過去を思いだす、そんな仕草で。

「これはカードを呼び戻すカード」

「っ⁉」

「高速魔法『再来の夢《アンコール》』を詠唱。あたしはこの効果で、封印庫《ハンガー》に捨てられていたカードの一枚を手札に加えます！」

高速魔法『再来の夢《アンコール》』――

無作為《ランダム》配布された五枚で、パールが最初から持っていた切り札だ。

〝フェイさん、珍しそうなカードがあります〟

〝ん？……『自分のライフが5以下かつ手札が1枚時のみ発動可能』って、めちゃくちゃ条件が厳しいな⁉〟

パールの現在ライフ5、手札は1枚。

ゲーム開始前から張り巡らせていた最初の伏線。

遂《つい》に満たされたのだ。

極めて困難な高速魔法『再来の夢《アンコール》』の発動条件が。

「あたしが封印庫《ハンガー》から選ぶカードは、治癒士の秘奥カード『愛と痛みの天秤《ハートエイク》』！」

封印庫《ハンガー》――

それは使用後のカードが積まれた共通置き場だ。そこから裏返しの一枚が浮かび上がり、パールの手元へと引き寄せられていく。

「……バカな⁉」

ダークスが吼《ほ》えた。

「何だその秘奥カードは⁉　なぜ封印庫《ハンガー》に落ちている⁉」

会場中がざわめいた。

誰一人として理解が追いつかない。

パールの『再来の夢《アンコール》』は、パール自らが最初に持っていた切り札だ。

だが治癒士の秘奥《ラスト》スペル？　それを『再来の夢《アンコール》』で手に入れるには、まず大前提としてカードが封印庫《ハンガー》に落ちていなければならない。

「ありえません！」

ケルリッチの目にうかぶ、動揺。

「治癒士の秘奥カード『愛と痛みの天秤《ハートエイク》』ですって……そんなカードは、ゲーム中一度も使われていない。封印庫《ハンガー》に落ちているわけがありません！」

そう、誰もがケルリッチと同じ心境だろう。パールのプレイ根拠を説明できない。

たった一人を除き――

「答え合わせが必要かしら？」

煌《きら》めく炎燈色《ヴァーミリオン》の髪を指で梳《くしけず》って。

観客席の最前列に座るレーシェが、くすっと楽しげに微笑《ほほえ》んだ。

「みんな忘れちゃった？　一度も使ってないフェイのカードが封印庫《ハンガー》に落ちるタイミングが第二フェイズに一度だけあったでしょ？」

「……あっ！」

レーシェの隣。

黒髪の少女ネルが、無我夢中で立ち上がった。

「あの時か！　フェイ殿が自魔法『魂の犠牲』を使った時！」

〝俺の手札から不要なカードを一枚捨てる〟

『魂の犠牲』と合わせて二枚を封印庫《ハンガー》に格納することで――〟

秘奥《ラスト》カード『愛と痛みの天秤《ハートェイク》』を持っていたのはフェイだったのだ。

フェイが最初に持っていた五枚に混じっていた切り札。

ただし旅人の職《クラス》を選んだ自分《フェイ》には「死に手」同然。だからどうにかしてパールにこの切り札を渡す必要があった。

「……まさか……」

褐色の少女ケルリッチが、はっと目をみひらいた。

「フェイ！　第一ターンでのあなたの質問は、これを見越して……！」

「ああ。当然に狙ってやってたぜ？」

〝俺とパールは一蓮托生《いちれんたくしょう》だ。互いの手札を交換するのはありなのか？〟

すべてが虚実《ブラフ》。

フェイの質問によって、スタジアムの誰もが「ある認識」を植え付けられていた。

——彼《フェイ》には、手札《カード》を交換する術が無い。

手札を交換できる手段があるなら、あんな質問をする必要がないからだ。

だが実際はあった。

フェイとパールの間で、封印庫《ハンガー》を経由したカード交換があったのだ。

「私たちは……あの時点で、あなたの言葉に錯覚させられていた!?」

「そこまで大げさじゃない。油断さえしてくれりゃ良かった」

本来ダークスやケルリッチほどのプレイヤーなら、封印庫《ハンガー》を経由したカード交換も当然に警戒していただろう。

だが二人もまた心の奥底で警戒を緩めていたのだ。

相手チームには手札交換を可能にする手段が無い、とタカをくくっていた。

すべてはフェイのあの一言で。

「言っておくと、その直前に『天軍の剣』を使ったのもダメージ目的じゃない。手札を封印庫《ハンガー》に落とす前に、そっちに意識を向けさせたかったからな」

「………信じられない………！」

ケルリッチがその身を戦《おのの》かせて。

「この第三フェイズを見透かして第二フェイズで秘奥カードを捨てておく。その第二フェイズの伏線として、第一フェイズであんな虚実《ブラフ》を吐いていたのですか！」

「見透かしてたわけじゃない。俺は、俺たちの作戦をがむしゃらに進んだだけさ」

「え？」

「職《クラス》を宣言する時に言っただろ？『受けて立つ』ってね」

「――――――っ！」

「俺らが狙っていたのは最初からダメージ勝負だったんだよ」

フェイとパール。ダークスとケルリッチ。

双方の勝利プランは同じだったのだ。

だが「魔法使い」という最善解を選んだ後者に対して、自分たち《フェイ》は職《クラス》を選ぶ時から徹底的に戦術を隠すことを選んだ。

「……で、ですがなぜです！　なぜそんな回りくどい真似《まね》を！」

ケルリッチが声を振り絞る。

「ダメージ狙いならば、あなた方も『魔法使い』を選べば良いのに……！」

「そしたら勝てないだろ」

「……え？」

「俺らの手札には回復魔法が偏ってた。ってことは逆に攻撃魔法がそっちの手札に偏っている可能性がある。単純なダメージ勝負《レース》を選んだら攻撃魔法の枚数差で撃ち負けるのは俺たちだ。心理戦《マインドゲーム》で出し抜くしかなかったんだよ」

ダメージ勝負《レース》なら職《クラス》は魔法使い一択。

ただし自分たち《フェイ》が魔法使いを選んでいれば、同じ土俵の戦いはダークス・ケルリッチに分があるのが明白だった。

それゆえに、すべての攻防をこの切り札に賭けたのだ。

治癒士の秘奥『愛と痛みの天秤《ハートエイク》』。

——プレイヤーが受けるダメージを、軽減不可能のダメージとして反射する。

「だから、これで決着です！」

パールはライフ3を死守していた。

あと一枚だけ魔法カードが撃てる体力。自らのライフを極限の1にまで削りきった上で、正真正銘、最後の切り札を発動させる。

——秘奥カード『愛と痛みの天秤《ハートエイク》』。

この切り札が、死亡遊戯《ラストダンス》による20点の大ダメージを撃ち返す。

「なるほど」

黒いコートを羽織った、長身の青年へ。

「撤回しよう。俺はまだ侮っていたのかもしれん。見事だパール・ダイアモンド」

舞台《グラウンド》に光が満ちて。

あまりの眩《まぶ》しさに観客の誰もが目を閉じて……その光が収まった後に。

『ゲーム終了——ダークスのライフ0。これによりフェイ・パール組《ペア》の勝利です』

「や、やった？　やりましたよフェイさん！」

パールが飛び跳ねた。

「あたしたち勝ったんですよね！　ここ聖泉都市マル＝ラ支部の筆頭チームに……あれ？　フェイさんあんまり……あれ？」

パールがぱちくりと瞬《まばた》き。

そしてふと、ある事に気づいてスタジアムを見回した。

観客席からの拍手がまばら。歓声も驚くほどに静まりかえっている。

「あ……」

パールがはっと息を呑《の》む。

ここは聖泉都市マル＝ラにあるスタジアムで、自分たちは敵地《アウェイ》で戦っていた。

観客のほぼすべては心の底で、この都市の代表であるダークスの勝利こそを望んでいたのだ。だからフェイたちの勝利も手放しでは喜べない。

と。そう思われた矢先。

「ふっ、ふははははっ……はははははははっっっっ！」

スタジアムに響きわたったのは、この都市の使徒筆頭たる男の声だった。

なんとも晴れやかな清々《すがすが》しい笑い声。負けた直後だとは思えない、そんな底抜けに猛々《たけだけ》しい笑い声を響かせて。

「なるほどな」

腕組みし、そして大きく頷《うなず》いてみせるのだが。

何が「なるほど」なの？

フェイはもちろん、観客、相方のケルリッチまで不思議そうに首を傾《かし》げるなか。

「俺は理解したぞ！」

ダークスの指先がこちらを指さした。

「フェイよ！　やはり俺とお前は、終生のライバルとなる運命のようだな！」

「………………はい？」

「この日の戦いがまさしく運命の始まり。俺とお前の、幾万幾億におよぶゲームの伝説の幕開けだったというわけだ」

「どんだけだよ⁉………………まあいいけどさ。俺も楽しかったし」

「やはり俺の目に狂いはなかった」

うんうんと何度も頷いて。

聖泉都市マル＝ラの使徒筆頭は、何とも上機嫌だった。

「ゆえに見ていろ観衆たち！　この戦を乗り越え、明日の俺はさらに強くなっていることを約束しよう。俺の伝説はここから始まるのだ！」

一瞬しんと静まって。その直後——

何万人の観客による怒濤《どとう》の「ダークス！」コールが、スタジアムを揺るがせた。

「あのぉ……なんか負けてる側のあっちの方が盛り上がってません？」

「まあいいさ、楽しいゲームができたんだから」

行こう。

パールに目配せして舞台《グラウンド》から控え室に向かって歩きだす。

「フェイ！」

その背中に、ダークスからの声が。

「また会おう。次は『神々の遊び』で！」

「ん？」

「すぐにわかる。行くぞケルリッチ」

含みをもたせたその言葉を後に。

黒コートをなびかせて、ダークス・ギア・シミターは舞台《グラウンド》から去っていった。

VS使徒ダークス・ケルリッチ組《ペア》。
『Mind Arena』、攻略時間1時間5秒にて『勝利』。
【勝利条件1】相手チームより早くゴールにたどり着くこと。
【勝利条件2】相手チームのライフを0にすること。
勝利報酬《ドロップアイテム》：使徒ダークスからの生涯ライバル認定。
（入手難易度「……ダークスが久しぶりに楽しそうでした」※ケルリッチ談）

Chapter

Player.4　潔すぎる脱落者

God's Game We Play

1

交流戦の翌日――

聖泉都市マル＝ラで過ごすフェイたちの三日目は、都市見学だった。

「フェイ、こっちこっち！」

大通りで目を輝かせたのはレーシェだ。

ショッピングモールにある一画。古風なボードゲームから最新ゲーム機まで取りそろえたゲームショップに駆けこんで。

「ああ素晴らしいわ……ルインのゲームショップもいいけど、都市が違えば品揃《しなぞろ》えもまた違うのね。わたしの知らないゲームがこんなにたくさん！」

「おやお嬢ちゃん、若いのにお目が高い」

店内から出てきたのは、杖《つえ》をついた老店主だった。

まわりの客はレーシェの来店に驚いているのだが、店主だけはこの少女が元神さまだとわかっていないらしい。

「お嬢ちゃんが手にしてるのは、ワシが競売で競り落とした伝説のボードゲームじゃよ。全世界限定で五百個しか発売されておらん」

「買うわ！」

「その意気や良し。じゃが、お嬢ちゃんのお小遣いにはちと高いぞ？」

「お小遣いならあるわ！」

レーシェが、何ともかわいらしい猫の財布を握りしめた。

そして取りだしたのは漆黒のカードだ。神秘法院が発行したプラチナクレジットカード。使用上限額「無限」という、元神だけに与えられた究極の一枚である。

「このカードで！　使いすぎちゃだめってミランダから言われてるけど！」

「ほう？　ところでお嬢ちゃん、つい昨日、最新ゲーム機『Cwitch』が限定三台だけ入荷したのじゃが――」

「それも頂くわ！」

「十年前の『The Game Award』に輝いたカードゲームが――」

「それも！」

レーシェが、クレジットカードを店主に押しつける。

「このお店の商品ありったけ、まとめて秘蹟都市ルインに輸送してちょうだい！」

「……おーいレーシェ、もういいか」

「満足したわ！」

目をきらきらさせてレーシェが振り返る。

その後ろから――

「お待たせしましたフェイさん、レーシェさん！」

パールが交差点を渡って歩いてきた。左手に焼き芋の入った紙袋、右手にはケバブサンドを抱えているのが気になるが。

「これは自分へのご褒美なのです！」

満面の笑みの、パール。

「昨日の熱き激闘を乗り越えた自分に、感謝とおめでとうの意をこめて！」

「いや昨日は昨日で祝勝会したよな。朝ご飯もさっき食べたばっかりで――」

「というわけで行きましょう！　隣のショッピングモールにたこ焼きの名店があるという情報を、バレッガ事務長さんに教えてもらいました！」

パールが大股で歩きだす。

それをフェイとレーシェも追いかけようとした、その交差点で。

「あ、あの……竜神さま！」

「レオレーシェ様！」

「――わたし？」

レーシェが振り返る。

マル＝ラ支部の服を着た男の使徒たちが、交差点を勢いよく走ってきた。なぜか全員が
カメラと色紙を手に持って。

「お写真撮らせてください！」

「つ、次は俺と2ショットを……！」

「サインもお願いします！　俺とチームの分、十七枚！」

あっという間に囲まれてしまう。

当のレーシェ本人は「？」と狐《きつね》に摘《つま》まれたような表情だ。周りにいる男の使徒たちが、
自分のファンであることが理解できていないのだろう。

そんな光景に――

フェイとパールは、二人で顔を見合わせていた。

「あれ。そういやレーシェって今までこんなことあったっけ？　元神さまだし、こういう
ファンがいて当たり前なのに」

「フェイさん、ほら、あたしたちの都市じゃ逆に怖がられてましたから……」

「あ……そっか」

この都市の住民は、レーシェの怖さを知らない。

神々の遊びを馬鹿にした使徒たちが集中治療室送りにされた『血まみれの神さま』事件など、レーシェの危険な面を見ていないのだ。

「レーシェさん、見た目はめちゃくちゃ可愛《かわい》いですからね」

「その本人は戸惑ってるけどな」

男性ファンに囲まれるのが慣れないのだろう。いまも男二人に挟まれて写真を撮っているのだが、その不慣れな仕草がむしろぎこちなくて可愛らしい。

「あ、あの！　フェイさんですよね！」

「……え？」

振り向いた自分《フェイ》のすぐ後ろに、三人組の少女たち。

こちらは服装からして一般人だろう。

「あ、あの！　私たち……昨日のゲームを観戦してました！」

「フェイさんのプレイが格好《かっこ》よくて、ぜひサインが欲しいんです！」

「写真もお願いします！　あ、あの、お金を払うので握手もお願いできますか！」

「お金っ!?　いや、全然そんなのお金なんかいらないし……」

そう言っている間にも。

サイン色紙を抱えた少女たちがさらに二人、交差点を渡って近づいてくる。

「いや嘘《うそ》だろ!?　俺こんなのルインでだって経験ないぞ!?」

「……こ、これがWGTのゲスト効果ですか！」

パールがごくりと喉を鳴らす。

他都市からの有名ゲスト。この地の住民からすればまさに世界的歌手やスターがやってきたような大ニュース扱いなのだろう。

「はっ!?　ということはあたしも大人気に!?」

パールが目をみひらいた。

「昨日の戦いの立役者はあたし！　ならば昨日の戦いもさぞ大反響だったことでしょう。あたしも遂《つい》に……人気テーマパークのアトラクションばりに、サイン待ちで三時間は並ぶ大行列ができるのですよ。さあ来るのです、あたしのファンたち！」

しんと静まる交差点。

両手を広げて「さあおいで」ポーズを取るパールの前に、近づいてくる者はいなかった。むしろ「何をしてるんだろあの子」と不審がられる視線ばかり。

「……あれ？」

「昨日のパールファイアが良くなかったんじゃないか？」

「格好《かっこ》いい名前じゃないですかぁっっ!?……うぅ。あたし……ちょっと向こうでクレープでも買ってきますぅ……自分を慰めに……」

意気消沈して歩いていくパール。

そこへ入れ替わりに戻ってくるレーシェ。大通りでサインや写真やらを求められていたが、あまりの数に逃げてきたらしい。

「……緊張したわ」

「慣れてなさそうっぷりがヤバかったな。俺もサインなんて久しぶりだったなぁ。半年前に少し書いたことがあったけど」

「っ！　フェイのサイン！」

「ん？」

自分《フェイ》としては何てことのない返事のはずだった。

と思ったら、レーシェがいかにも好奇心旺盛そうに目を輝かせているではないか。

「わたしフェイのサインが欲しいかも！」

「はい？」

「人間の文化でしょ。サインしてもらった物を宝物として保管しておくのよね。チームメイトのわたしが貰ってないなんておかしいわ」

突然のおねだりである。

先ほどのサインで使ったと思《おぼ》しきサインペンを、こちらの胸に押しつけてきて。

「ちょうだい！」

「……俺は別に構わないけどさ。……ただ冷静に考えて、欲しいか？」

「フェイのなら欲しいわ。仲良しの証《あかし》にね」

「……じゃあ色紙は？」

「無いわ」

「だよな。じゃあ帰りに文房具屋にでも寄って――」

ぐいっ、と。

歩きだそうとした自分《フェイ》の上着の裾を、レーシェが無言で掴《つか》んで引き留めてきた。

「今がいいわ」

「いや、そう言われても……」

「色紙じゃなくていいの。むしろ肌身離さずの方が……あ、そうよ！」

レーシェがくるりと背中を向けた。

後ろ姿のレーシェが指さしたのは、髪につけている緑のリボン。

「リボンの裏側にお願い」

「……またずいぶん拘《こだわ》ったなぁ。書く場所小さいし、ちゃんと書けるかな」

「こっちの方が『わたしだけ』って感じでしょ？」

リボンの裏側におそるおそるサイン。

大通りなので周囲の目もある。自分《フェイ》としては正直恥ずかしさもあるのだが。

「はいできた」

「やったわ！」

炎燈色《ヴァーミリオン》の髪を跳ね上げて、レーシェがぴょんと飛び上がった。

髪に留めたリボンを嬉《うれ》しそうに触りながら。

「これ、大切にするね」

子供のように無垢《むく》な笑みで、元神さまの少女はそう言った。その笑顔を向けられた自分《フェイ》の方が赤面しそうになるくらい、嬉しそうに声を弾ませて。

「どうしたのフェイ？」

「……いや、何でもない」

元神さまなのに、こんな小さなキッカケで嬉しがってくれるんだな。

そう口にするか一瞬悩んで――

「なーにをしてるんですか二人とも」

「うわっ⁉」

すぐ後ろにパールがいた。

買いたてのクレープを両手に握りしめながら。

「……妙に距離が近かったですね」

「いや、単にレーシェからサインをねだら――」

「さあ見学の続きよ！」

妙に白々しいレーシェの大声に、フェイの言葉は遮られた。

活気のある市街地を三人で歩いていくうちに。

「ん？　なんだあの人集り《ひとだか》」

道の真ん中を人集りが埋めつくしていた。

何百人いるだろう。しかも、ほとんどが女性。

耳を澄ますまでもなく、「ダークス様！」「こちらを向いてダークス様！」という黄色い歓声がここまで轟《とどろ》いてくる。

「ってダークス!?」

女性ファンに囲まれていたのは、黒の儀礼衣をまとう青年だった。

モデルのように端整な相貌の青年が、コートを大きくなびかせて通りを歩いていく。

「ダークス様！　スタジアムの二列目で応援していたのが私ですわ！」

「ダークス様！　昨日の戦いも素敵でした！」

「きゃあ、こちらを向かれたわ！」

ダークスが一歩歩くごとに湧き上がる嬌声《きようせい》。

本人はそんな声援などお構いなしに、肩で風を切るように進んでいく。彼が向かった先はいかにも高級そうなレストラン。

「まさかアレは!?」

パールが叫んだ。

「今はお昼の十二時十五分……フェイさん、間違いありません！」

「何がだ？」

「あたし、この都市のランチマップを見ていた時に偶然知ってしまったのです。あれは『ダークス・ランチ』の撮影に違いありません！」

「……パール、何だそれ？」

「彼がお昼ご飯を食べるだけの配信です」

「そのままだな!?」

「いいえフェイさん！　彼がお昼ご飯を食べる配信を、リアルタイムで何万人というファンが見守っているのです。噂《うわさ》では、その配信収入だけでもあたしたち使徒のお給料の二倍は稼いでいるとか」

「理不尽にも程があるだろ!?」

「——人気者ですから」

そう言ったのは。

フェイたちの誰でもなく、真横に現れた褐色の少女だ。

「昨日のスタジアムの歓声でわかったでしょう。ダークスの人気ぶり」

「わっっ!?……ええとケルリッチ」

「昨日はお疲れ様でした」

褐色の少女が、礼儀正しくぺこりとお辞儀。

ただし表情はいつもどおり涼やかで。

「頭脳明晰《めいせき》、運動神経抜群、甘いマスクに長身、気前もよくて仲間思いな超一流ゲームプレイヤー。人気が出ないわけありません」

「……褒めるなぁ」

「私以外の女の評判です。私にとってダークスはただの業務上《ビジネス》の仲間で、それ以外の感情は持ち合わせておりません。それではご機嫌よう」

去っていくケルリッチ。

どうやら女性ファンに囲まれたダークスをこっそり見守っているらしい。傍目《はため》には彼ののことが気になって尾行してるようにしか見えないのだが。

深入りはやめておこう。

「この都市の使徒ってみんな一癖あるな……」

パール、レーシェと顔を見合わせて。

フェイは唐突に振り向いた。

「そう思わないかネル？」

「〰〰〰〰〰〰〰〰っ⁉」

ビルの物陰で、こちらを覗《うかが》っていた黒髪の少女ネルが飛び跳ねた。だがそんな動揺もすぐに堪《こら》えて、意を決したまなざしで——

「……フェイ殿！　き、昨日の戦いは見事だった……そして私は、やはりあなたの力になりたいと改めて思ったのだ！」

自らの胸に手をあてて、彼女が続ける。

「頼む。……私は神々に敗れてもはや戦うことはできないが、チームの解析班《アナリスト》として力を尽くしたい」

「——————」

「フェイ殿！」

「断る」

「っ！」

ネルが一瞬我を忘れて呆然《ぼうぜん》と立ちつくす一方で、フェイは今一度、繰り返した。

「その提案は受け入れられない」

「……な、なら！」

拳を握りしめ、ネルが再び声を振り絞った。

「な、ならば家政婦としてはどうだ！　掃除も洗濯も食事も、全部私が……！」

「お断りよ」

続くレーシェが、ぴしゃりとネルの口上を遮った。

一切の容赦なく。

「――――」

濁っていくネルのまなざし。うつむいて、唇を噛《か》みしめて。

「……………そうか…………」

黒髪の少女は、足下を向いたまま背を向けた。

「……時間を取らせてすまなかった。私は……見苦しいにも程があったな……」

ふらり、と。

今にも膝からくずおれそうな足取りで、昼の大通りを引き返していく。

――なるほど。

まだ彼女は察しきれてないらしい。自分とレーシェが何を断ったのか。

見苦しいのではない。潔すぎるのだ。

「ネル、あんた本当にそれで満足なのか？」

「っ!?」

「解析班《アナリスト》だの家政婦だの、掃除とか洗濯とか食事の支度とかさ」

溜息《ためいき》まじりに、フェイは後ろ頭を掻《か》いてみせた。

弾《はじ》かれたように振り返った彼女へ。

「そうじゃないんだろ？　あんたが本当にやりたいことってのは」

「な、なんのことだフェイ殿!?」

「……ま、いいよ。自分の口からは言いにくいだろうし」

レーシェとパールに目配せ。

そのまま神秘法院ビルのある方角を指さして。

「明日《あした》の午後一時、集合だから。地下一階のダイヴセンターで」

「え？　ちょっとフェイ殿!?　いったいどういう……！」

困惑を隠そうともしないネルへ。

「じゃ。俺たちはまだ観光の予定が入ってるから。明日《あした》しっかり来てくれよ？」

フェイは、目の前の交差点を歩きだした。

2

WGT、四日目。

神秘法院マル＝ラ支部のビル、地下一階ホールで。

「この日がやってきたな」

事務長バレッガが非常階段を降りてやってきた。

「レオレーシェ様、フェイ氏、パール。君たちの戦いもいよいよ本番だ」

「あたしだけ呼び捨て!?」

「神々との知恵比べだ！」

バレッガが指さしたのはホールの中央だ。

巨神像。秘蹟都市ルインの像はどれも巨大な竜だったが、この都市では精霊ウンディーネを象《かたど》った姿である。

そのウンディーネが抱えている水瓶《みずがめ》から、まばゆく輝く水があふれ出ている。

神々の世界に続く門。

この光をくぐることで、霊的上位世界「神々の遊び場《エレメンツ》」に突入《ダイヴ》できる。

「生放送《ストリーム》で世界中が見守っている。秘蹟都市《ルイン》でも事務長《ミランダ》が観戦しているらしい。そしてフェイ氏」

サングラス姿の巨漢が、こちらに横目を向けた。

「君たちは現状三人チームだ。本部の定める推奨十人を満たすよう、こちらの支部からも使徒十二人を選抜した。いずれも熱意ある有望な若手だ」

「俺たちを加えて合計十五人？」

「そういうことになる。言うまでもなく『神々の遊び』は二十人以上での挑戦が主流だが、初対面の者同士では大人数はかえって統率が乱れる。人数は絞った」

「助かります」

「うむ。彼らは先に突入済《ダイヴ》みだ」

神々の遊び場《エレメンツ》で待っている十二人。

フェイたちが巨神像に飛びこめば、すぐにでも神との遊戯《ゲーム》が始まるだろう。

「……あ、あの……事務長……？」

ホールの隅っこからの小声。

私服姿のネルが、なんとも気恥ずかしげに手を挙げる姿があった。

「な、なぜ私がここに……引退済みの身分で、このダイヴセンターに来るのは少々気恥ずかしいというか……」

「お前も観戦するだろう。フェイ氏からもそう話を聞いた」

「……フェイ殿……」

歯切れの悪いネルが、おずおずと視線をこちらに向けて。

「昨日一晩考えてみたがわからない。いったい昨日の話の意味は……」

「一番近くで応援するのがチームメイトだろ」

「っ!?」

「まだ応援しかできなくて不満だろうけど、今は信じて応援しててくれ」

「・・・・・・・・・!? ど、どういう意味だフェイ殿！　昨日から――」

「さあ行くわよ！」

どこまでも澄みきったレーシェの一声が、ダイヴセンターに響きわたった。

「ゲーム開始！」

「ってレーシェさん、あたしの背中押さないでぇぇぇっ!?」

背中を押されたパールが、転がり落ちるように飛びこんでいく。

すぐ後ろにレーシェが続いて。

「……フェイ殿！」

黒髪の少女が、うわずらせた声を響かせた。

「わ、私には正直……フェイ殿が何を言っているのかわからない。わからないが、ここに来た以上は腹をくくる。全力で応援させてもらうから！」

「ああ、お互いにな」

一度大きく頷《うなず》いて。

フェイは、精霊ウンディーネを象《かたど》った巨神像へと飛びこんだ。

――神々の遊び場《エレメンツ》「漠々《ばくばく》たる砂の古戦場」
VS『太陽の軍神』マアトマ2世
ゲーム、開始。

見守る者たち

ネル
いよいよフェイ殿のゲームが始まる……

バレッガ事務長
うむ。今回のWGT(ワールドゲームズツアー)のメイン企画でもある。我がマル＝ラ支部からも精鋭を集めた以上、全力で応援せねばな。

ネル
ところで事務長……その、一つ質問がありまして。

バレッガ事務長
何だ？

ネル
なぜバレッガ事務長だけカメラに映ってないのでしょう。

バレッガ事務長
以前、俺の顔がカメラに映った時、それを見ていた子供たちが一斉に泣き出したと苦情が殺到してな。
俺の顔はこうして特殊アイコンで隠している。

ネル
団長、強面ですからね……
（そういえばパールも怖がってたな……）

バレッガ事務長
それはさておき、始まるぞ！

Chapter

Player.5　神に挑む選択

God's Game We Play

1

高位なる神々が招く「神々の遊び」。

選ばれた人間は使徒となり、霊的上位世界「神々の遊び場《エレメンツ》」への行き来が可能になる。

どんな空間で、どんな遊戯《ゲーム》が待っているのか。

そして――

フェイたちが飛びこんだ先には、無限に続く砂漠が広がっていた。

砂色と呼ぶほかない大地。

なだらかな丘陵が続く先には、雲一つない真っ青な空が延びている。

上半分が真っ青な空。下半分が砂の大地。フェイが飛び降りた先は、そんな砂の世界が広がっていた。

「……あーよかった。ウロボロス戦みたいな急降下はもう懲り懲りです」

きめ細かい砂上に着地して、パールがほっと胸をなでおろす。

と思ったそばから空を見上げて。

「暑っ⁉　な、なんですかこの日差し⁉」

「……何から何まで本物の砂漠だな」

じりじりと、頭の天辺《てっぺん》が焼け付くように熱を帯びていく。

灼熱《しゃくねつ》の世界。

足下の砂は熱したフライパンのようで、空からは、燦々《さんさん》と輝く太陽から殺人的な強さの熱線が降りそそいでいる。

「へえ、今回は砂漠のフィールドなのね！」

レーシェだけはマイペースだ。

強烈な日差しなど意にも介さず、声を弾ませながらあたりを見回して。

「どんなゲームになるかしら。フェイ、『どんなゲームをやるか当てるゲーム』でもして待ってるのはどう？」

「それも悪くないけど、ここは自己紹介が先じゃないか」

砂漠を見わたす。

自分《フェイ》が探しているのは、先にここへ来ているという今回の仲間十二人だ。

「レーシェ、人間の気配って感知できる？」

「気配もなにも丘の向こうで足音が――」

レーシェが砂の丘を指さしたのを待っていた。そんなタイミングで。

「待ちわびたぞフェイ！」

高らかに声を響かせて、砂丘の向こうから現れたのは黒コートの青年だった。

「今日は、お前の真価を見せてもらおう！」

「……引き続きお世話になります」

ダークス、そして褐色の少女ケルリッチ。

その後ろから、さらに十人もの男女が砂丘から現れた。

「こんにちは竜神レオレーシェ様、そしてフェイ、パール」

ウェーブのかかった茶髪の女性が、小さく会釈。

こちらは眼鏡《めがね》をかけた知的なまなざしで、大人びた長身が印象的だ。

「マル＝ラ支部の使徒としてご一緒させて頂きます。チーム『この世界の嵐の中心《テンペスト・クルーザー》』から
ダークスとケルリッチが。そして私カミィラ率いるチームが――」

「チーム『大天使《アークエンジェル》』の十人だ」

「って、なんで私の大事なセリフを奪うのよダークス⁉」

「こいつらはただの数合わせだと思え」

「最高に失礼ねっ⁉」

「フェイよ！」

ダークスが吼《ほ》えた。カミィラの訴えを微風のように聞き流して。

「たとえ神々を相手にした遊戯《ゲーム》であっても、俺とお前の雌雄を決する場であることに変わりはない……と言いたいところだが」

ダークスが声量を落とした。

「今回はお前たちのWGTの一環だ。俺やケルリッチが出しゃばる幕ではない」

「えっ。ダークス？」

その言葉がよほど意外だったのだろう。

同僚でもある『大天使《アークエンジェル》』のカミィラは、呆気《あっけ》にとられたまなざしだ。

「あなた、自分が参加するゲームはいつも『俺が主役だ』って表情してるじゃない」

ダークスが小さく溜息《ためいき》。

「……賭けに負けた側が、一つ言うことを聞くという約束だったからな」

「はい？」

「何でもない」

そんな彼の視線が再びこちらへ。

「フェイ、お前のゲームプレイングに期待しているぞ」

「え？　ああ、まあいつも通りやるよ」

「ならば良し！」

跳ね上がる黒のコート。

ダークスが片手で天を指し、そして声を張り上げた。

「舞台は整った、さあ出てこい神よ！」

「出しゃばらないって話は⁉」

フェイがそう突っ込む背後で――

轟《ごう》ッ、と砂の大地が揺れた。地面がひっくり返るかのような大揺れのなか、フェイたちが見守る地平線から何かが浮かび上がっていく。

「……ピラミッド？」

砂が大きく隆起して、浮かび上がってきたのは黄金色の巨大四角錐《しかくすい》。

それに合わせて、頭上からも――

『どうもー。ようこそ我が神の遊び場へいらっしゃいましたー』

オレンジ色の小人が翼を羽ばたかせて降りてきた。

『あたい、主神マアトマ2世様の領域に暮らす端子精霊《ミ イ プ》です。どうぞよろしく』

端子精霊《ミイプ》は神々のゲームを教えてくれる仲介役だ。

この端子精霊《ミイプ》を見た途端、チーム『大天使《アークエンジエル》』のカミィラがふっと緊張をやわらげたのを自分《フェイ》は見た。

……高難易度の神々は、あえて端子精霊《ミイプ》を用意しないことがある。

ウロボロスがいい例だしな。

端子精霊《ミイプ》がいる。熟練の使徒ならばこの時点で、今回の神が人間に一定の配慮を与えてくれる性格だと予測できたことだろう。——と思いきや。

『全部で十五名?……ふむ……』

端子精霊《ミイプ》が、空から自分《フェイ》たちを見下ろして。

『我が主神が予定していたより二桁少ない数ですが、時刻となりましたのでゲーム参加を打ち切りますね』

「っ? おい、今なんて——」

『ゲーム説明を開始します!』

フェイが言い終える間もない。

端子精霊《ミイプ》が両手を広げた途端、砂漠の空に花吹雪が舞った。

『ではでは一、まずはお近づきのしるしに花を一輪サービスです』

雪のように白い花弁。

開花する寸前の、大きな蕾《つぼみ》がついた枝を端子精霊《ミイプ》が配り始めた。フェイの手に。そして残る十四人にもだ。

……当然にゲームの仕掛け《ギミック》だろうけど。

……花じゃなくて、花が咲く直前の蕾ってのが気になるな。

『大事に持っていて下さいね。なくすと失格です』

端子精霊《ミイプ》の声が砂漠に響く。

『お配りした花はまだ蕾ですが、それが咲くと三つの色の花を咲かせます』

太陽の花（黄金）――太陽の祭壇に捧《ささ》げる花。各チームに一本。

毒の花（黒色）――各チーム一本。

砂の花（白色）――それ以外のすべて。（フェイたち側は十三本）

『名付けて「太陽争奪リレー」！　皆さまの目的《ゴール》は、太陽の花をピラミッドの最上段にある祭壇に捧げることです！』

端子精霊《ミイプ》が地平線を指さした。

先ほど地中から浮かび上がった巨大ピラミッドが、はるか先で陽炎《かげろう》に揺れている。

「あのピラミッドが目的《ゴール》か」

では距離は？

陽炎《かげろう》のせいで不確かだが、フェイの目測でもざっと数キロは先だろう。

……足下はこの砂漠だ。走りにくいことこの上ない。

……距離二キロだとしても、俺やパールはどんなに頑張っても十分以上はかかる。

ただし超人型の使徒やレーシェなら話は別だ。この程度の距離など五分とかからずピラミッドまで到達するはず。

何の妨害もなければ。

そんな人間側《フェイたち》の思考を、覗《のぞ》き見したかのようなタイミングで。

『お祭しですね。我が主神チームは防衛側です』

端子精霊《ミ　イ　プ》が再びピラミッドを指さした。

『主神チームの総力で、皆さまの持つ花を奪いにかかります。花を奪われたプレイヤーは退場になりますが、逆に皆さんが主神チーム側の花を奪うことも可能です』

「その主神チームって？」

『ご紹介しましょう。出《い》でよ、我が主神が創造せし被造獣《ビースト》たちよ！』

砂丘が揺れた。

盛り上がった砂が意思を持つように集合し、獣を象《かたど》ったゴーレムが生成されていく。

『にゃぁ！』

『にゃあにゃあ！』

「って、猫じゃん⁉」

「ふぁぁぁぁぁあっっっっ！　か、かわいいですぅ！」

フェイの突っ込みに続く、パールの歓声。

一言でいえば「猫ゴーレム」だ。

手足の短い猫が二足歩行で立ち上がったような丸っこい全身像《フォルム》。何とも愛嬌《あいきょう》のある子猫のデフォルメ顔で、迫力や威厳というものは皆無に等しい。

全部で三体。

それが砂煙を上げて走ってくるうちに、フェイたちの表情が引《ひ》き攣《つ》ってきた。

「でかっ⁉」

身長二メートル以上。

この場の誰よりも大きい。横幅もあるから質量百キロ以上は確実だろう。

「……あ、あれ。間近で見ると迫力ありますね」

砂のゴーレムを見上げて、パールが尻込み。

「この猫ゴーレムさんが、あたしたちの妨害側ですか？」

『はい。花を奪うために襲ってきます。先ほども言いましたが、主神チームも太陽の花を持っています。被造獣《ビースト》が持っている花を奪うことも戦略の一つになるでしょう』

砂のゴーレム一体一体に首輪が填《は》められ、そこに花の蕾《つぼみ》がついている。

これを人間側が奪うことで被造獣《ビースト》は退場する。

「あれ？　もしかして？」

パールが首を傾《かし》げて。

「これってC　T　F《キャプチャー・ザ・フラッグ》ですか？……ですよねフェイさん」

「かもな」

相手の所有地／所有物を奪いあう。陣取りゲーム、フラッグゲームなど呼称は様々だが、このコンセプトは多くの遊戯《ゲーム》で見ることができる。

……自分の花を奪われたら、そのプレイヤーは退場。

……自チームが所持する太陽の花を奪われたら、チーム全体の負け。

そこに心理戦《マインドゲーム》を絡める要素が、この三種類の花だ。

太陽の花とあと二つ——

「ねえねえ」

レーシェが、空中にいる端子精霊《ミイプ》を手招きして。

「あと二つも教えてよ。まず砂の花は？」

「これはカモフラージュ枠です。奪っても奪われても勝敗に影響することはありません」

「じゃあ毒の花は？」

『奪ってしまったチームに神罰《デバフ》が下ります。誰が太陽の花を持っているかわかってしまう上に、チーム全員が五秒間の行動阻害《スタン》を受けます』

「わざと奪わせろってことね・・・・・・」

腕組みしてレーシェが黙考。

「……その五秒の行動阻害《スタン》って、動けないってことでいい？」

『はい。移動・攻撃・防御いずれもできません。両チームにおいて平等です』

それゆえに蕾なのだ。

太陽、毒、砂。

どの花かは奪ってみるまでわからない。太陽の花だと思って奪ったものが毒の花だった場合、奪った側が神罰《デバフ》によって五秒動けなくなる。

「五秒ですかぁ……」

パールが悩ましげに首を傾げる。

「うまく毒の花を奪わせて……あたし五十メートル走が九秒ですから、その半分なら二十メートルくらい遠くに逃げられるかなぁ……」

「パールさ」

「はい」

「リアルタイムストラテジー（ＲＴＳ）系のシューティングとかやったことあるか？」

「あ……い、いえ。あたしああいう反射神経の戦いは苦手で……」

「RTSにおける五秒間の行動阻害《スタン》って、ほぼ『死亡確定』って意味だから」

「はいぃぃいっ!?」

「だってレーシェに五秒間好き放題させたら勝利同然だろ?」

「ああ、確かに……」

レーシェに好き放題させようものなら、その五秒で、敵チームの花をありったけ奪いとってみせるだろう。神々とのゲーム対決で五秒は致命傷。

……俺たちも条件は同じだ。

……毒の花を間違って奪おうものなら、敗北確定。

太陽の花を死守する。

そのうえで毒の花をいかに奪わせるか。演技力と洞察力、突き詰めるなら「誰が持つか」のチーム戦略が試される。

「ところで肝心の神さまは?」

『我が主神は、そちらの作戦会議が終わったら登場されます』

作戦の盗み聞きはしない。

神なりの気遣いなのだろう。被造獣《ビースト》たちも後退して距離をとっている。

「ああなるほどね。じゃあ遠慮なく……ところで俺たち、この花を無作為に配られたよな。

誰がどの花を持ってるか情報交換して構わないか？」

『もちろんです。花の蕾《つぼみ》をちょっとめくってみて下さい』

ひらりと、と。

閉じた花弁をそっと広げてみる。フェイに配られていたのは白色の花だ。

……ってことは砂の花か。

……太陽の花、毒の花を持っているのは？

「あ、あたしが太陽です！」

「毒の花は、私でした」

パールの手には、黄金色に輝く花弁の花が。

そしてケルリッチが広げた花は、毒キノコさながらに毒々しい黒である。

残り十三人は砂の花。

『皆さま、誰がどの花を持っているかわかりましたね？　では交換タイム。誰がどの花を持つのか慎重に決めてくださいませ』

整理しよう。

この「太陽争奪リレー」には、三つの勝敗条件が存在する。

【勝利条件1】ピラミッドまで走り、太陽の花をピラミッドの最上段に捧《ささ》げること。

【勝利条件2】神チームの太陽の花を奪うこと
【敗北条件1】人間チームの太陽の花を奪われること

地平線上のピラミッドまで数千メートル。

そこに至るまでの砂漠リレーで、神と被造獣《ビースト》たちが立ちはだかる。

「あの被造獣《ビースト》たちだけど——」

「猫ゴーレムですよフェイさん」

「……じゃあ猫ゴーレム。あいつら足早そうだよな」

パールがこだわるほど可愛《かわい》い見た目だが、大きさ二メートル以上。巨大なぬいぐるみのような体型でも、砂埃《すなぼこり》を巻き上げて走る速度は相当だった。

……あいつらから逃げる速さも重要か。

……単純な徒競走だとしたら、パールみたいな魔法使い型の神呪《アライズ》は不利か。

この砂漠で、あの被造獣《ビースト》から逃げ続けるには身体能力がモノを言う。肉体強化の神呪《アライズ》を持った使徒が逃げやすいだろう。

その上で、太陽の花を持つ適任者は？

「最適解は明らかだよなぁ……」

十四名の顔ぶれを流し見て、フェイは思わず苦笑した。

全員が同じ方向を見ていたからだ。

――レーシェを。

超人型の使徒はもちろん有利だが、それ以上に「元神」のレーシェが間違いなく最適解。被造獣《ビースト》に囲まれようとそう簡単に花を奪われることはあるまい。

「ねえフェイ」

そのレーシェが、ケルリッチの毒の花を指さした。

「わたしが太陽の花を持つのも良いけど、こっちを持つ方が面白いと思わない？」

「俺も思った。そっちもアリなんだよな」

レーシェが太陽の花を持つ。

それは神チームも当然に予想してくるだろう。それを逆手にとってレーシェに毒の花を持たせておく戦法はかなり強力だ。

「レーシェが毒の花を持つとして、太陽の花を誰に任せるかな。このゲームなら超人型がいいと俺は思う。このなかで該当するのは？」

何人かが手を挙げる。

ちなみにダークスは手を挙げないから魔法士型なのだろう。

と。そんなダークスの隣で手を挙げる少女が。

「え？」

「何ですかその表情。私が超人型なのは意外ですか？」

なんとケルリッチ。

超人型といえば何といっても圧倒的な肉体能力が特徴だ。物静かで控えめな彼女は、魔法士型に違いないという先入観があったが。

「……すごい意外」

「ちなみに私の神呪《アライズ》は瞬発型の肉体強化です。自衛手段も備えているので、僭越《せんえつ》ながら私に任せて頂くのは悪くない選択肢の一つです」

「わかった、参考にさせてもらう」

レーシェが毒の花。

ケルリッチが太陽の花。

……この組み合わせが一番確実性の高そうな戦術だよな。

……懸念は、そのぶん読まれやすいこと。

最適解だからこそ神側も読みやすい。

これは神の遊戯《ゲーム》。作戦を読まれても勝利できるほど簡単な戦いには思えない。

「そうだ。ゲーム中に花を交換するのは？」

『交換は可能ですが注意点があります。ゲーム開始後に「手持ちの花がゼロになる」状況が一瞬でも発生した場合、花を失ったとみなされて即失格です』

「たとえば互いに花を投げ渡そうとしたら――」

『花を投げ渡す行為は、一瞬「手持ちの花がゼロ」状態になりますよね。その瞬間に失格判定になるので要注意です』

「………………」

しばしの黙考を挟んで。

「なるほどね。逆に言えば『譲渡』は可能なわけだ」

『譲渡というと？』

「たとえばピンチになったプレイヤーが一方的に花を投げ渡すとか」

『可能です。もちろん花を失ったプレイヤーは失格になりますが』

一方的な譲渡は可能。

理論上、レーシェに十五本の花をすべて預けるのも可能なルールだ。

……でもリスクが高すぎる。

……誰が太陽の花を持っているか一目でバレバレだもんな。

花の譲渡は最終手段。

求められるのは、十五人による完全なチームワーク。

……無限竜《ウロボロス》や巨神《タイタン》の時とはそれが違いだ。

……このゲームに単独行動は許されない。全員で太陽の花を死守しなきゃな。

ダークスやケルリッチ。

そしてカミィラ率いる『大天使《アークエンジェル》』が十人。その多くが初対面の使徒たちで、彼らと息を合わせることが求められる。

「フェイ、お前が決めろ」

腕組み姿のダークスが、瞳を閉じたまま厳かに告げてきた。

「これはお前たちと神の遊戯《ゲーム》だ。太陽の花も毒の花も、誰が持つかお前が決めろ」

「ダークス！　今日どうしたの⁉」

彼に振り返ったカミィラが、信じられないといった表情で。

「いつもなら『太陽の花を持つのは俺以外にありえん！』って言うじゃない」

「言わないが」

「言うでしょ⁉　と、とにかくどうしたのよ。あなたさては、一昨日《おととい》負けたことが尾を引いてるわね。それで彼に対して遠慮してるんでしょ」

「はっ！」

ダークスが噴きだした。

「この俺が？　冗談はよせカミィラ。そんな無様な姿を俺がさらすと思うか？」

「じゃ、じゃあ何なのよ今日は……」

「さっき言った。一つ言うことを聞く約束だとな」

「？」

「だが今はどうでもいい。俺は純粋に、我が唯一無二のライバルが、神を相手にどう立ち回るかに興味があるだけだ」

昇格宣言。

どうやら自分《フェイ》は、生涯のライバルから唯一無二のライバルに上がったらしい。

「……まあいいわ。ならフェイ、私たちの神呪《アライズ》も参考にして」

カミィラが取りだすＩＣカード。

チーム『大天使《アークエンジェル》』の使徒目録《チームリスト》。カミィラを含む十人の名前、神々の遊びの勝敗数、そして神呪《アライズ》の詳細が記録されている。神秘法院の端末《デバイス》でそれを読み取って――

「ありがとう、把握した」

「もう⁉」

「いや、まだ一番大事な決断が残ってる」

誰に「太陽」と「毒」を託す？

本命はレーシェとケルリッチ。

特にケルリッチは『大天使《アークエンジェル》』の神呪《アライズ》も自分《フェイ》以上に熟知しているはず。その彼女が、「私に任せて頂くのは悪くない」と言う。

その言葉の、どこまで裏を読むべきか――

「……決めた」

全員に伝わるよう、フェイは小さく頷《うなず》いてみせた。

「まず全員の花を一度俺《フェイ》に渡してくれ」

十五本の花を自分だけがわかるようにシャッフル。

そして全員に再分配。

「みんな、さっきと同じ要領で蕾《つぼみ》を覗《のぞ》いてみてくれ。誰にも見られないように」

『――っ！』

『……これは……』

十四通りの反応。

ごくりと息を呑《の》むパールに、くすっと微笑《ほほえ》むレーシェ。

無言で腕組みするダークスに、「そう来ましたか」と呟《つぶや》くケルリッチ。

チーム『大天使《アークエンジェル》』のカミィラも、何かを察したように表情を引き締めている。

「この時点で俺の作戦は始まってる。じゃあ具体的にどんな作戦なのかっていうと――」

全員の前で、フェイは後方に振り向いた。

地平線にうっすらと見えるピラミッドを見つめて。

……太陽争奪リレー。

……巨神《タイタン》や無限神《ウロボロス》と違って、今回は最初からルールが明らかになっている。

ピラミッドまで太陽の花を運ぶ。

隠しギミックは無論あるだろうが、人類側の勝利条件は明快だ。

「これって、とにかく全員で走ってあのピラミッドまでたどり着けばいいのよね」

言葉を挟んできたのはカミィラだ。

「太陽の花を持ってる者を全員が守りながら走る。もちろん太陽の花を持っている者も、いざとなったら他人に花を譲渡することも必要ね」

「ああ、それが定石《セオリー》だと思う」

「ならフェイ。太陽の花を持ってるのが誰か教えてもらわなきゃ」

「……いや」

「え？」

「俺の作戦に必要なことなんだ。太陽の花の在処は誰にも教えない」

「はいっっ⁉」

どういうことよ——

カミィラがそう口を開くより先に、フェイは自分の言葉を続けていた。

「誰が太陽の花を持っているか教えたら、全員がソイツを守ろうと意識する。太陽の花の在処《ありか》が神にもバレるだろ？」

味方に太陽の花の在処を教えれば、神にもバレる。

味方に太陽の花の在処《ありか》を教えなければ、神にもバレない。

……両者にメリット・デメリットが存在する。

……だけどこのゲームは、おそらく後者の方が勝つ確率がわずかに高い。

それが自分《フェイ》の仮説だ。なぜなら「神は慣れている」。太陽争奪リレーというゲーム名の通り、太陽の花を奪うことにかけては経験の差が違う。

ゆえに──

こちらが挑むべきは、神が見たこともない新戦略。

「太陽の花の在処を知ってるのは俺と当人だけ。言い換えれば、全員、自分が太陽の花を持ってるように振る舞ってピラミッドまで走ってほしい。神さまを騙せるように」

『ではでは！』

端子精霊《ミイプ》が嬉《うれ》しそうに声を弾ませた。

『お待たせしました。我が主神マアトマ2世様のご登場です！』

砂丘に、人型のシルエットが浮かび上がった。

隼《はやぶさ》を模した猛禽類《もうきんるい》の仮面をかぶり、輝く杖《つえ》を携えた神が。

『ゲームはまだか？』

「わっ……な、何ですかこれ!? あたしの耳に……？」

パールが自分の耳を両手で塞いだ。

空気を介した声ではない。

フェイたちの脳に叩《たた》きこむがごとく、神の声が直接伝わってきた。

「念話か？」

神が、人間との意思疎通で用いる術だ。

多くの神は人語を積極的に使おうとはしない。その代用の伝達手段になる。

「あ、あの！」

神の念話に割って入ったのはパールだ。

砂丘に立つ神さまを見上げて。

「あたしどうしても聞きたいことが……神さまなのにマアトマ2世って、もしや1世の神さまもいるんですか？」

『いない』

「紛《まぎ》らわしいですねっ!?」

『この世すべては遊戯《ゲーム》である。我が名も含めて』

神が、杖を振り上げた。

その先端についたガラス状の球体内に、フェイたちと同じ花の蕾《つぼみ》が封入されている。

……あれが神さまの分の花か。

……十中八九、太陽の花で間違いないんだろうな。

太陽の花を奪われたら即座に敗北するこのルール下で、神が、わざわざ太陽の花以外のものを持っているわけがない。

奪えるものなら奪ってみせよ。

その圧倒的な自信が、花の封入された杖《つえ》を振り上げる所作から溢《あふ》れ出《で》ている。

――上等だ。

ならば。

その仕掛けに真っ向から対決するゲームにしてみせよう。

『遊戯《ゲーム》を始める。ヒトよ、全知全能でもって勝負とせ…………?』

マアトマ2世の念話が止まった。

隼《はやぶさ》の仮面が眼下を見下ろして。

『人間。何をしている。その所作は』

「見てのとおりさ」

「ゲームを始めるんでしょう？　だから始めただけのことよ」

右手を挙げる。

フェイとレーシェ――大砂漠に並び立つ二人の表明《カミングアウト》が、神と、そしてこの戦いを見守っている何十万人という観客に衝撃を与えた。

「太陽の花を持っているのは、俺だ」

「太陽の花を持っているのは、わたしよ」


神秘法院ルイン支部。

そのビルの七階にある執務室で。

「はぁぁぁぁぁぁぁぁっっ!?」

事務長ミランダは、頭を抱えてソファーから飛び上がっていた。

壁に取り付けられたモニターに両手をついて、そこに映っている少年少女をまじまじと睨《にら》みつける。

「ちょ、ちょっとフェイ君!?　レーシェ様!?　それどういうこと!?」

太陽の花を奪われたら即座に敗北。

だからこそ十五人が協力し、神チームに奪われないよう、誰が太陽の花を持っているのかをカモフラージュするだろうと。

その作戦を見守っていた矢先にコレだ。

「どうして自分から花のありかを自白しちゃうの!?　さっき立てた作戦は!?」

ミランダとて神秘法院の事務長だ。

二人が何かを狙っていることはわかる。どこまで正確に深追いできているかは自信がないが、この二人がやることには必ず裏があるはずなのだ。

それはわかるのだが……

「いきなり本番でやるかなぁ普通」

ソファーにどすんと座りこむ。

膝を組んで、天を仰ぐように天井めがけて息を吐きだした。

「これは神さまも度肝を抜かれてるだろうねぇ。だってこれ、フェイ君もレーシェ様も絶対、打ち合わせなしのアドリブでしょ？」


時同じくして——

神秘法院マル＝ラ支部。

ビル地下一階、ウンディーネの巨神像が置かれたダイヴセンター内に、モニターを食い入るように見上げる者たちがいた。

「フェイ殿⁉　い、いったいどういうことだ！」

砂漠に立つ少年を見上げて、ネルは思わずその名を呼んでいた。

何が起きているのだ。

観客としてゲームを俯瞰《ふかん》しているはずなのに、この状況を整理しきれない。

「表明《カミングアウト》もそうだが、なぜ二人なんだ!?」

太陽の花は一本。

だが「太陽の花を持っている」と自白した者が二人現れた。

「……どちらかは大嘘《おおうそ》のはず」

可能性1：フェイが嘘をついている。（太陽の花はレーシェ）
可能性2：レーシェが嘘をついている。（太陽の花はフェイ）

「おそらくは……フェイ殿とレーシェ様のどちらかが太陽の花を持っていて、どちらかが毒の花を持っている！」

神側の勝利条件は、太陽の花を奪うこと。

フェイかレーシェどちらかの花を必ず奪わなくてはならない。その二択を外した場合、まず確実に毒の花を掴《つか》まされることになる。

その駆け引きの舞台を作りだしたのだ。

「ネル」

隣に立つバレッガ事務長が、訝《いぶか》しげに口を開いた。

「お前の推測が十中八九正しいだろう。が、可能性3はあると思うか？」

可能性3：二人とも嘘をついている。（太陽の花は、残る十三人の誰かが所持）

「……もちろんあるとは思います。が……」

唇を噛《か》みしめる。

悔しいのではない。興奮で武者震いがとまらないからだ。あの二人はいったいどこまで観戦者たち《じぶんたち》の想像の上を行く！

「残る十三人の誰かが太陽の花を持っているとして、それでは毒の花を掴ませる駆け引きとしては弱いです」

俺を（わたし）を狙えよ。

その強制二択を持ちかけてこそ意味がある。

二人のどちらかが太陽の花を所持し、もう片方が毒の花を所持している。

毒の花を掴ませる＝勝利がほぼ確実であるというのなら——

これなら勝率50パーセント。

神々の遊びにおける人類側の勝率が10パーセント前後であることを踏まえれば、二人が仕掛けた駆け引きは相当に分が良いことになる。が……。

……本当に？

何か、小さな違和感が自分《ネル》の胸に引っかかって離れない。

自分たちの想像を覆《くつがえ》すような――

さらにとてつもない何かをしてくれそうな、そんな予感めいた高揚が、全身を熱く駆けめぐっていく。

「……フェイ殿……見届けさせてもらう！」

═══

この時――

全世界の観戦者、パールやケルリッチ、仲間であるチーム『大天使《アークエンジエル》』の面々さえも、フェイの狙いの全容を理解した者はいなかった。

さらにいえば見逃していた。

巨大モニターの隅。フェイとレーシェが映っている、その奥で。

「……ふん。フェイ、お前の狙いに乗ってやる」

マル＝ラ筆頭使徒ダークスが不敵な笑みを浮かべていたことに。

たった一人――

この男だけは世界に先駆けて「到達」していた。

可能性１：フェイが嘘《うそ》をついている。（太陽の花はレーシェ）
可能性２：レーシェが嘘をついている。（太陽の花はフェイ）
可能性３：二人とも嘘をついている。（太陽の花は、残る十三人の誰かが所持）

答えは「４」。

存在しないはずの可能性４を目指してこそ、神に挑む遊戯《ゲーム》であると。

２

大気が焦げるほどの猛暑の砂漠。

神マアトマ２世が見下ろす先で、フェイとレーシェを除くほぼすべての者が唖然《あぜん》と口を半開きにしていた。

――この二人は何をしているのだ？

フェイとレーシェの狙いが読みきれない。

そんな周囲の反応に、フェイは内心、小さく頷《うなず》いていた。

……これでいい。

……仲間を騙《だま》せないようじゃ、神さまを騙すことなんてできないからな！

唯一の計算違いがあるとすれば。

レーシェが同じ表明《カミングアウト》を重ねてきたことだ。本来なら自分一人でやるはずの行動だったが、結果として状況はより刺激的になった。

……俺とレーシェの表明《カミングアウト》は一見すればまったく同じ。

……だけど狙いはまったく違う。

その上でフェイが見上げたのは、この神々の遊び場《エレメンツ》の創造者たる神だ。

隼《はやぶさ》の仮面をかぶったマアトマ2世。

その後ろには、砂でできた三体の被造獣《ビースト》が待機している。

「ゲームスタートは？　それとも、もう俺らピラミッドめがけて走ってもいいのか？」

『端子精霊《ミイプ》よ、鐘を鳴らすがいい』

『はいはーい。お待たせしました皆様、それでは――』

空を飛ぶ端子精霊《ミイプ》が、手に小さな鈴を持って降りてきた。

愛らしい仕草でそれを大きく振りかぶって。

――リンッ。

『遊戯《ゲーム》開始でございます！』

全ては同時だった。

地平線の先にそびえたつピラミッドめがけ、フェイたち十五人が走りだすのと。

神が、錫杖《しやくじよう》でもって砂漠を突いた瞬間が――

『来たれ我が軍《サモンキャッツ》』

砂漠が、揺れた。

神から離れたフェイたちに届くほどの地鳴りを従えて、神を囲むように足下の砂がみるみる隆起していくではないか。

砂が寄せ集まり、二本足で立つ被造獣《ビースト》が生まれていく。

『にゃあ』

「あっ！　またあの猫ゴーレムさん！」

「……何で嬉《うれ》しそうなんだよパール」

「だって可愛《かわい》いんですよ！」

パールが後ろを振り向く先で。

大量の砂が寄せ集まって、さらに新たな被造獣《ビースト》たちが――

『にゃあ』『にゃあ』

『にゃあ』『にゃあ』『にゃあ』『にゃあ』『にゃあ』『にゃあ』『にゃあ』『にゃあ』

『にゃあ』『にゃあ』

「………………おいちょっと待て」

『にゃあ』『にゃあ』『にゃあ』『にゃあ』『にゃあ』『にゃあ』『にゃあ』『にゃあ』『にゃあ』『にゃ

『にゃあ』『にゃあ』『にゃあ』『にゃあ』『にゃあ』『にゃあ』『にゃあ』『にゃあ』『にゃあ』『にゃあ』『にゃあ!』。

「多すぎだろ!?」

まだまだ生まれていく。

無数の被造獣《ビースト》たちが、フェイの見上げる砂丘を埋めつくしていく。

『壮観である』

自らが召喚した軍勢を前に、満足そうに頷《うなず》くマアトマ2世。

参加者が二桁足りない・・・・・・。

思えばゲーム開始前、端子精霊《ミイプ》が確かにそう言っていた覚えもあるが……

『駒数《こまかず》15対1667。いざ正々堂々勝負である』

「どこが正々堂々だ!?」

フェイを含む十五人の悲鳴が、大砂漠に響きわたった。

VS『太陽の軍神』マアトマ2世

ゲーム、開始。

Chapter

Player.6　太陽はどこへ消えた？

God's Game We Play

1

マアトマ2世。

神秘法院が有するデータブック『百科神書《ビブリオ》』によれば。

最新三十年の遭遇数は世界統計で十一回、勝率は二勝九敗（十八パーセント）。これは神々の遊びにおける人間側の勝率としては極めて高い。

ただし――

勝てた二回は、いずれも使徒が三十人以上の大パーティーを組んだ時。

過去の記録をどれだけ遡っても、「二十人以下」で挑んでこの神に勝てた事例は見当たらない。

『遊戯《ゲーム》の醍醐味《だいごみ》は「数」である』

太陽の軍神マアトマ2世。

無数の兵士を率いる特性から、『MMT』=Massively（大規模）Multiplayer（多人数型）Tactics（戦術系）を好む。

「――って、わかってたはずじゃない、私のバカ！」

灼熱《しゃくねつ》の砂を駆ける十五人。

その先頭を走るのは、チーム『大天使《アークエンジェル》』のリーダーであるカミィラだ。

走るたびにズレそうになる眼鏡《めがね》を手で押さえながら。

「神さまと配下三体。こっちはレオレーシェ様含めて十五人だから楽勝って思ってたのに、私としたことがとんだ計算違いだわ！」

太陽争奪リレー、開始。

この砂漠のど真ん中から、はるか地平線にそびえたつピラミッドを目指す。

対するは神の軍勢――

背後の砂丘から怒濤《どとう》の勢いで駆け下りてくるのが、1667体もの被造獣《ビースト》たちだ。

「……これじゃ本当にただの追いかけっこじゃない！」

と。

褐色の少女ケルリッチが、その後ろから追いついてきて。

「データ系キャラのあなたがデータ解析を怠るのは、存在意義《アイデンティティー》の喪失では？」

「うっさいわよ⁉」

「あともう一つ。花を手に抱えておくのは推奨しません。服の中にしまうべきです」

「本当におせっかいね⁉……ま、まあそれは確かだけど」

「ではお先に」

まるでスキップするように。足場の悪い砂上を優雅に走っていくケルリッチ。

その姿にパールが目を丸くした。

「わっ！　ケルリッチさん速すぎです⁉」

「……自分で自信あるって言うだけあるなぁ」

超人型は、肉体能力に恩恵を受ける。

ただし程度は千差万別。フェイが常人とほぼ変わらない一方で、ケルリッチはまさしく超人と呼ぶに相応《ふさわ》しい肉体だ。

しかもまだ神呪《アライズ》を発動していない。

「……頼りになるかもな。ってことはアレがこうなって、太陽の花が――」

「フェイさんどうしたんです？」

「計算してんだよ。ここからの展開が……」

パールに言いかけた矢先。

轟《ごう》ッ！　という地鳴りとともに、砂塵《さじん》が空高くへと巻き上がった。

「ま、まずいです!?」

『にゃあ!』

『にゃあ!』

濛々《もうもう》と砂塵《さじん》を巻き上げて、被造獣《ビースト》たちが急加速。

ぬいぐるみのように愛くるしい見た目でも体長二メートル。体重は百キロ以上。それが千体以上も迫ってくる光景は、さながら砂の津波が迫ってくる重圧感。

しかも速い。

振り返る前には砂上にいた軍勢が、早くも砂丘を駆け下りている。

「下り坂を二百メートル、駆け下りたのを十二秒として時速六十キロ。あーこれは余裕で追いつかれる」

「真面目に敗北宣言しないでください!?」

「いや予想どおりだ」

砂漠での追いかけっこは神側に有利。

人間側《じぶんたち》がピラミッドまで走りきるより、被造獣《ビースト》に追いつかれる方が速い。そうでなければゲームが成立しないからだ。

「ここまでは仕様だ。たとえば俺らが時速八十キロで逃げてきたら、被造獣《ビースト》は時速百キロで追いかけてくる設定になってる」

「やっぱり敗北宣言じゃないですかぁ⁉︎」

「それをどうにかするゲームなんだよ」

これが太陽争奪リレー。

地平線の先にあるピラミッドまで走りきることが勝利前提。

その上で、神の軍勢が人間以上の速さで追いかけてくるというのがゲームの肝だろう。

……ピラミッド到達前に追いつかれる。

……つまり工夫しろってことだ。神呪《アライズ》やゲーム中のギミックで。

太陽の花と毒の花。

これは自分《フェイ》の勘だが、ピラミッドまでのリレーが単純すぎることが不自然だ。一直線に砂漠を走るレースだけとは思えない。

「……神さまの遊戯《ゲーム》にしては単純すぎるな。これがマラソンならピラミッドまでいくつか経由地点があるし、砂漠ならではのギミックも隠されてるか？」

現時点でわかっている情報は――


太陽争奪リレー。

【勝利条件1】ピラミッドまで走り、太陽の花をピラミッドの最上段に捧《ささ》げること。

【勝利条件2】神チーム側の太陽の花を奪うこと。

【敗北条件1】自チーム側の太陽の花を奪われること。

【ルール】一瞬でも「手持ちの花がゼロ」になった者はその場で失格。

【中継地点】？？？


そうフェイが思い巡らせた、瞬間。

「先頭の人間！」

十五人の殿《しんがり》にいたレーシェが、吼《ほ》えた。

元神さまの突然の呼びかけに、ケルリッチがビクッとその場で振り返る。

「避けなさい！」

「……えっ!?」

「ケルリッチ、後ろに跳べ！」

それに続くのはダークスの怒号だ。

どうして、と訊《たず》ねる間もなくケルリッチが砂を蹴る。

と同時。神の軍勢の最後尾で、三角帽子《さんかくぼうし》をかぶった被造獣《ビースト》がステッキを振り上げた。

まるでお伽噺《とぎばなし》の魔法使いのような仕草で――

『神罰にゃ！』

黒い風が渦巻いた。

周囲の砂を片っ端から吸いこむ黒の竜巻が、十五人の先頭を走るケルリッチの足下から噴き上がったのだ。

とてつもなく巨大な竜巻が。

「砂嵐っ⁉」

ケルリッチが全力で跳びさがる。

あと一秒跳躍に迷いがあれば、竜巻に轢《ひ》かれて脱落だったことだろう。

「な、何ですかあのサイクロン⁉　あんなの巻きこまれたら絶対助かりませんよ⁉」

声を嗄《か》らすパール。

「あの猫ゴーレムたち、遠距離の魔法使いもいるんですか⁉」

被造獣《ビースト》の軍勢から少しでも遠ざかるよう逃げる。

その安全策が安全策ではなかったのだ。

……先頭を走っていたのがケルリッチ。

……今の魔法は、神の追っ手から離れすぎた人間に対しての神罰か！

近づいたら捕まる。

かといって安全圏に逃げすぎたら、遠距離からの極大魔法という神罰が下る。

「あの砂嵐、たぶん人間には耐えられないわね」

空を衝《つ》く勢いの竜巻を見上げるレーシェ。

「無限神《ウロボロス》のゲームで、尻尾を叩《たた》くと閃光《せんこう》を撃ってきたでしょ。あれの同類ね」

壁のように立ち塞がる神の竜巻。

その風が吹きすさぶなか、後方から砂の兵士たちが飛びかかってきた。

『にゃあ！』

「っ！　被造獣《ビースト》だ⁉」

「リーダー、追いつかれ…………ぐあっ⁉」

チーム『大天使《アークエンジェル》』の一人が、有無を言わさず被造獣《ビースト》に押し倒された。

ぬいぐるみのような可愛《かわい》い姿でも歴《れっき》とした神の軍勢だ。その腕力で首を押さえられれば、超人型さえも容易に抜けだせない。

しかも至近距離で魔法を放てば仲間に当たるため、魔法型の使徒は動けない。

「た、助けてくれ！」

「この……化け猫が⁉　離せ！」

仲間を救出せんと、被造獣《ビースト》の後ろから別の使徒が殴りかかる。

……ぽすっ。

砂でできた被造獣《ビースト》の肉体は、超人型の使徒が殴ってもたちまち再生してしまう。

『にゃあ！』

「しまった⁉」

被造獣《ビースト》の歓声と、使徒の悲鳴は同時だった。

砂のゴーレムの手には、使徒から奪った花の蕾《つぼみ》。それがゆっくりと開いていって新雪のように白い花を咲かせた。

──砂の花。

これを奪われてもゲームの勝敗に影響はない。

が、奪われた人間は脱落するルール。

「ぐっ⁉」

リーダーのカミィラが手を伸ばすが、遅かった。

男の使徒が光に包まれるや、陽炎《かげろう》が消えるかのように消失していく。

──一名脱落。人間側残り十四名。

そのカミィラへ。

雪崩《なだ》れ込《こ》むように被造獣《ビースト》たちが飛びかかってきた。

「このっ⁉……調子に乗るんじゃないわよ！」

カミィラの指先に光が灯《とも》った。

青い輝き。それが弾《はじ》けた瞬間、砂漠に吹いたのはブリザードを想《おも》わせる鋭い冷気だ。

「凍結弾《フロストバイト》！」

氷の弾丸が、飛びかかってきた被造獣《ビースト》へ直撃。

全身が瞬《またた》く間に凍りついて青い氷像へ。いかに砂の身体《からだ》とはいえ全身を氷漬けにされては動きようがあるまい。

「ど、どんなものよ！」

『にゃあ』『にゃあ』『にゃあ』『にゃあ』『にゃあ』『にゃあ』『にゃあ』『にゃあ』

「って多すぎよ!?」

氷漬けの被造獣《ビースト》を飛び越えて襲ってくる数十体の兵士たち。

凍らせるにも限度がある上、魔法士型の使徒は魔法を撃つごとに一定の充填時間《クールダウン》を要する。連発はできない。

「ダークス！」

カミィラが叫んだ先には、被造獣《ビースト》と睨《にら》み合っていた黒コートの青年が。

「あんたボケッと見てないで動きなさいよ！」

「……なるほど」

ふっ、と鼻で笑うダークス。

マル＝ラの筆頭使徒である男が、優雅な所作でコートをひるがえした。

「俺としてはフェイのプレイ観察に重きを置くところだが、チームの危機とあらば話は別。窮地の仲間に手を差し伸べるのもまた遊戯《ゲーム》の醍醐味《だいごみ》で、しかるに――」

「いいから早く！」

「ならば見よ、神とその軍勢たち！　これが俺の力だ！」

砂の壁のごとく押し寄せてくる被造獣《ビースト》へ。

ダークスが、自らの右手を突き出した。

「ダークス・ハリケーン！」

「…………」

その数秒間。

フェイは、この窮地も忘れて頭が真っ白になるのを禁じ得なかった。

ダークス・ハリケーン？　つい二日前の『Mind Arena』で、パールファイアに対抗してダークスサンダーなるカード名が登場した気もするが。

「……あのさダークス、それはすごろくの技名じゃ」

フェイが言いかけた矢先。

轟《ごう》ッ！

鎌鼬《かまいたち》のごとく鋭い突風が、飛びかかってきた被造獣《ビースト》たちを次々と薙《な》ぎ払《はら》った。

「本当にその名前なのかよ⁉」

ダークス・ギア・シミター。

彼が一流の『風』の魔法使いであることは神秘法院のデータに記載があるし、フェイもそこまでは当然に確認済みである。

が。魔法名にそんな名前をつけていたとは。

「な、なんて美しい……！」

ただ一人パールだけが、わなわなと肩をふるわせて。

「威力、ネーミングセンス共に申し分なしです！　これは嫉妬《ジェラシー》ものですよ！」

「感心してる場合かっての、上だパール！」

「ふぇ？」

ぽかんと空を見上げるパール。

ダークスハリケーンの突風から逃れた一体が、砂を蹴って空高く飛び上がっていたのだ。猫さながらの瞬発力で。

「お、押しつぶされるのは勘弁です！」

パールが慌てて後退。だが極めて足場の悪い砂漠だ。ジャンプしてもせいぜい数十センチの跳躍が精一杯。そこへ被造獣《ビースト》の手が伸びて——

びりっ。

破けた。被造獣《ビースト》の爪が襟首を掠《かす》って、パールの服の襟元から肩にかけてが。

「あ………」

生地が破れて、胸のボタンまで勢いよく弾《はじ》け飛《と》ぶ。

陽光のもと——

さながら完熟した椰子《ココナッツ》の実のように豊かな二つの膨らみと、その間に挟まれた深い深い谷間があらわになって。

「い、いやぁぁぁぁぁぁぁぁっっっっ⁉」

『にゃあ！』

悲鳴を上げるパール。

そこに神の軍勢が雪崩《なだ》れ込《こ》む。被造獣《ビースト》たちは懐に隠された花を狙っているだけなのだが、なんとも色っぽい絵面の雰囲気である。

「……パール、お前まさか狙ってやってる？」

「アタシが何を狙ってるって言うんですかぁぁぁぁっっっ⁉」

はだけた胸元を片手で押さえつつ、涙目のパールがもう片手を宙へと向けて。

「『気まぐれな旅人《ザ・ワンダリング》』！」

黄金色の転移門《ワープポータル》を生成。

慌ててそこに飛びこむことで、三十メートル先に生成した転移門《ワープポータル》まで瞬間転移。

が――

パールは失念していた。服を破かれた衝撃で頭が真っ白になっていたゆえの失態だが、いま自分たちは千体以上もの軍勢に追われている。

つまり何処《どこ》に逃げても被造獣《ビースト》が。

『にゃあ！』

「ここにも猫ゴーレムさん⁉」

転移先にも被造獣《ビースト》たち。

そしてパールの『気まぐれな旅人《ザ・ワンダリング》』は、強力であるぶん充填時間《クールダウン》も三十秒と極めて長い。

つまりもう逃げられない。

「た、助けてぇ！」

『にゃあ！』

被造獣《ビースト》によってパールが羽交い締めに。

はだけた服の内ポケットから花が覗《のぞ》いて、それと同時に、羽交い締めにされたパール本人は胸の下着があらわになった状態だ。

「アタシいろんな意味で絶対絶命ですぅうぅうぅうっっっっ⁉」

『にゃあ！』

そんなパールの豊かな胸元へ、もう一体の被造獣《ビースト》が目を輝かせて手を伸ばして——

「エロ猫は嫌いです」

被造獣《ビースト》が弾《はじ》け飛《と》んだ。

パールを庇《かば》って飛びだした褐色の少女が、その拳で砂の巨体を吹き飛ばした。

「……ケルリッチさん⁉」

「被造獣《ビースト》から花を奪うのも策ですが、いっそ壊してしまった方が早そうですね」

　ケルリッチ・シーの神呪《アライズ》は『練気集中《オーラ・ドライブ》』。

　四肢に衝撃波を纏《まと》わせることで殴打と蹴撃を強化する。ほぼ遊闘技《バトルゲーム》特化の力だが、このゲームではその特性が活《い》きる。

「私、ボクサーの公認所持者《ライセンス》です」

「はいっ⁉」

「似合わないとよく言われます」

　リング上のボクサーさながらに身を屈《かが》め、パールを羽交い締めにした被造獣《ビースト》の至近距離まで一呼吸で潜りこむ。

『にゃあ⁉』

「消えなさいエロ猫」

　ケルリッチのアッパーが被造獣《ビースト》を吹き飛ばした。『にゃああっ』と悲鳴を上げて地面に倒れたゴーレムがさらさらと砂へと還《かえ》っていく。

「け……けほ……あ、ありがとうございます！」

　倒れこんだパールが、よろめきながらも立ち上がって。

「……これが『コズミックインパクト』！」

「そんな名前を付けた記憶はありません。今は合同チームですから、手を差し伸べるのは当然でしょう。あと単純に、乙女に徒《あだ》なす破廉恥《はれんち》な猫を撃退する意味もありました」

いつもの無表情のケルリッチ。

と。

そのまなざしが、パールのはだけた胸元あたりでピタリと静止した。片手で隠そうにも隠しきれない圧倒的な二つの果実をじーっと見つめて。

「ど、どうかしましたか？」

「何でもありません」

素知らぬ風で顔を背けるケルリッチ。

「……助けるんじゃなかった」

「どういう意味です⁉」

悲鳴と怒号。

パールとケルリッチが振り返った先で、チーム『大天使《アークエンジエル》』の面々が被造獣《ビースト》の群れに取り囲まれたのは、その時だった。

有名人に群がるファンのごとく。人間チームが持っている花を奪おうと、被造獣《ビースト》が次々とのしかかり、そして隠していた花が奪われていく。

「みんなっ⁉」

叫ぶカミィラの目の前で、光の中に消えていく男女の使徒。その脱落を悔やむ間もなく、神の軍勢が砂埃《すなぼこり》を上げて飛びかかってくる。

「ちっ」

ダークスの舌打ち。魔法士型の弱点だ。強力な魔法を広範囲に放てるが、この状況で放てば味方を巻きこんでしまう。

「カミィラ、お前の魔法は？」

「……だめ、間に合わない！」

リーダーのカミィラが唇を噛《か》みしめる。

こちらは充填時間《クールダウン》中。リーダーとして片っ端から被造獣《ビースト》を凍らせているが、強い魔法ほど長い充填時間《クールダウン》を必要とする。

「とにかく数が多すぎるのよ！　こんなんじゃ私たち――」

「伏せろ！」

「え？」

「いま残ってる奴《やつ》、全員、衝撃に備えて屈《かが》め！」

声を嗄《か》らしてフェイは叫んだ。

最後尾にいた炎燈色《ヴァーミリオン》の髪の少女が、そわそわと目を輝かせていたからだ。

「しょうがないなぁ」

声を弾ませて。

その口の端に、愛らしい牙のようなものまで覗《のぞ》かせて。

「力任せの曲芸って好きじゃないんだけど、こんだけ駒数に差があるんだもんね。仕方ないわよね。いやー、暴れるの好きじゃないんだけどなぁ」

嘘《うそ》つけ。

自分《フェイ》とパールと、遠きルイン支部のミランダ事務長が一斉にそう突っ込むなか――

「砕・け・ろ」


竜神レオレーシェの拳が、砂漠を割った。

砂の大海原が真っ二つに。

天地がひっくり返るような地鳴りに続いて、ビルさえなぎ倒しかねない衝撃波が地平線まで広がって――

『にゃあ⁉』『にゃにゃにゃにゃ――――⁉』

巨大な地割れ《クレバス》。

底の見えない裂け目に、何百体という被造獣《ビースト》たちが次々と滑り落ちていく。

「さ。逃げましょ」

何事もなかったかのように走りだすレーシェ。数キロ先まで続く大地の裂け目を拳一発で生みだしておきながら、本人はいたって当然の表情だ。

「……もしや彼女、怒らせると人間界が危ういレベルですか」

「しっ、聞こえるぞ」

唖然《あぜん》とするケルリッチにそう応じて、フェイはレーシェを追って走りだした。

「レーシェ気をつけろ、被造獣《ビースト》たちと距離を空けすぎるとやばい」

「さっきの神罰でしょ」

レーシェが速度を落とす。

フェイとパールを含む九人の人間たちへ。

「ついてきて。この地割れ《クレバス》だってすぐ修復されちゃうから」

「……っく。行くわよみんな！」

チーム『大天使《アークエンジエル》』のカミィラが、残り四人の仲間へと声を張り上げた。

いずれも被造獣《ビースト》に襲われて全身砂まみれの満身創痍《まんしんそうい》。

──人間チーム、残り10人。

背後で轟音《ごうおん》。

フェイが振り返った先で、レーシェの拳が生んだ地割れがみるみる修復されていく。

……レーシェの言った通りだ。

……ここはマアトマ2世の神々の遊び場《エレメンツ》。砂漠なんていくらでも再生できる。

地割《クレバス》れを飛び越えてくる被造獣《ビースト》。

ピラミッドまでのレースもすぐに再開……と思いきや。

「あら？」

「何かしら？」

先頭を走るレーシェとカミィラの二人が、進行方向を見つめて声を上げた。

走って行くうちに——

ゆらゆらと大気を揺らす陽炎《かげろう》が収まり、そこに隠れていたものが露《あら》わになっていく。

砂漠に映える瑞々《みずみず》しい緑地帯が。

「森？」

「……い、いえ。あれはオアシスです、レオレーシェ様！」

地下水によって水源が生まれ、そこに植物が繁茂できる局所的な緑地帯。

ここは神が創造した遊戯《ゲーム》の世界。このオアシスも、マアトマ2世が何かを狙って用意したギミックのはず。

「……ふん。ただの徒競走かと思ったが、ここに来て砂漠ならではのギミックか」

ダークスの怪訝《けげん》そうな呟《つぶや》き。

「ケルリッチ、あれをどう考える」

「罠《わな》の可能性を考慮すべきです」

褐色の少女が即答。

「私たちの目的は奥のピラミッドです。こんな怪しいオアシスに立ち寄っているのは時間の浪費。このまま無視して――」

『はいはーい。お待ちしておりましたぁ！』

オアシスの茂みから端子精霊《ミイプ》が飛びだした。

『中継地点へようこそ。ここは人間チームのための休憩地点で、被造獣《ビースト》たちにも見つからない安全な結界となっております』

「結構です」

ぴしゃりと断るケルリッチ。

「このままピラミッドまで直進します。さようなら」

『あ。言い忘れておりましたが』

端子精霊《ミイプ》がぽんと手を打った。

『このゲームには「熱射ゲージ」という隠しパラメータが存在します。この太陽争奪レースをさらにワクワクドキドキさせる要素として』

「？」

『砂漠の日差しを浴びるごとに蓄積。二十分以上連続で浴びると熱射ゲージが満タンに。皆さまは既に十八分経過していますから――』

「溜《た》まるとどうなるのです」

『即死で全員脱落《ゲームオーバー》です』

「それはゲーム前に言えええええええっっっ⁉」

『言ったら「隠し」になりませんし』

全員脱落《ゲームオーバー》まで残り二分。

誰もが血相を変え、フェイたち十人はオアシスに転がりこんだ。

——瑞々《みずみず》しい緑の楽園。

そこに一歩入った途端、ふわりと心地よい冷風がフェイの首筋を撫《な》でた。全身の熱がすっと引いていくこの感触。

……気づかないうちにこんな火照《ほて》ってたのか。

……熱射ゲージってのも、あながち嘘《うそ》じゃなかったらしいな。

そして何と美しい緑地だろう。

椰子《やし》の木の下には色とりどりの花が咲き乱れ、その奥には滾々《こんこん》と水が湧き出る泉が見える。

「……な、なんだか本当に安全地帯っぽい雰囲気ですね」

恐る恐るまわりを見わたすパール。

上着の切れ端を肩で結んで、かろうじて胸元を隠す応急処理も終わったらしい。

「みてみてフェイ！」

レーシェが指さしたのは、砂丘を突き進む神の軍勢だ。

自分たち《フェイ》がオアシスに入った途端、被造獣《ビースト》たちが頭に「？」でも浮かべているように、こちらを見失っている。

「……ちょっとは休めるかもな」

「あの、フェイさん。最初の作戦は大丈夫でしょうか？」

おずおずとそう言ってきたのはパールだ。

「ピラミッドまであと半分くらいですよね。でもあたしたちも脱落者が出て、十五人から十人まで減ってるし……」

「作戦の微修正は必要だと思う」

「微、ですか」

「ああ。結局このゲームは、人間側《おれたち》が太陽の花を奪われないかぎり何とでもなるんだよ。味方の犠牲はあったにしろ、そのおかげで順調に走ってきた方で――」

と。

「あっ！　あたし面白い仕掛け《トリック》を思いつきました！」

パールが勢いよく手を挙げた。

「フェイさんはご存じですが、あたしがこのゲームでまだ使ってない力があるんです」

「……位相交換《シフトチェンジ》か？」

パールの転移能力は二つある。

一つはこのゲームでも既に使った瞬間転移《テレポート》、もう一つが位相交換《シフトチェンジ》。

パールが過去三分以内に触れていた物と物、あるいは人と人を入れ替える。

かつてパールはこの力を誤作動させて旧チームを敗北に追いやってしまった過去があるものの、能力そのものは極めて応用力が高い。

「太陽の花を持ってる人が捕まりそうになったら、位相交換《シフトチェンジ》で別の花と一瞬で交換することが可能です！　あたしと三十メートル以内の距離にいるのが条件になりますが」

「ああ、実はそれ俺も考えてたんだけど……」

しばし黙考。

「たとえば俺が太陽の花を持っていたとして。俺の手にある太陽の花と、パールの手にある花を一瞬で入れ替えることができるってことだろ？」

「はい！」

「………………」

強力だ。太陽の花を奪われない策としてはかなり強い。

が。

「なあパール、端子精霊《ミイブ》の注意事項が引っかかってくる可能性はどうだ？」

〝ゲーム開始後に「手持ちの花がゼロになる」状況が一瞬でも発生した場合、花を失ったとみなされて即失格です〟

「この『一瞬』が怖いんだよな。パールの位相交換《シフトチェンジ》で俺とパールの手にある花が交換された時、互いの手から花が一瞬消えることになる」

「あっ⁉」

「その判定がどうなるか実際に試すのもリスクが高いしな」

「……そ、そうですねぇ」

パールがしょぼんと肩を落として。

「いい案だと思ったんですが。変なことを言ってしまいましたぁ……」

「いや助かるよ。そういうアイディアはいつだって大募集だし、何なら俺がいま考えてる仕掛け《トリック》もそれに似て――」

そう言いかけた矢先。

『皆さまー。給水のお時間ですー』

茂みから、十体近くの端子精霊《ミイブ》が飛びだしてきた。

小さな瓶を抱えて。

『このオアシスを見つけた皆さまに特別ドリンクの提供です。このドリンクを飲むことで、熱射ゲージの上昇を抑えられます。蜂蜜《はちみつ》ジュース、ココナッツジュース、林檎《りんご》ジュース、オレンジジュース、水。お好きなものをお選びください』

「あたしは蜂蜜ジュースです！」

一切の疑いなくパールが飛びついた。

小瓶の蓋を開けて、興味津々《しんしん》に中のジュースを口にして。

「こ……これは美味《おい》しいです！」

金髪の少女が目をみひらいた。

「まろやかでありながらコクがあり、そして甘過ぎず、口当たりも優しい！　これは……クローバー蜂蜜ですね！」

『大正解！』

その後ろでは。

端子精霊《ミィプ》が抱えた小瓶を前に、真剣に悩むケルリッチが。

「……ココナッツジュース。いえ王道の林檎ジュースも捨てがたいですが、蜂蜜ジュースも美味しいと評判ならば考慮の余地はある。ダークス、あなたはどうします？」

「俺はプロテインジュースだ」

『ありません』

「何だと⁉　なぜプロテインジュースを用意していない！」

『……想定外でした』

「まあいい。ならば俺は林檎ジュースだ。林檎こそがジュースの王道にふさわしい」

どうやらドリンクにも妥協しない男らしい。

その奥では――

ダークス以上に鋭いまなざしで、端子精霊《ミイブ》が抱える小瓶を睨《にら》みつける少女がいた。

「………………」

「どうしたレーシェ？」

「ねえフェイ。わたし……これ飲まなきゃだめ？」

ココナッツジュースの小瓶を手にするレーシェ。

どんなゲームでも好奇心旺盛な元神さまが、珍しく自信なさげに縮こまっている。

「……うーん」

「好きな飲み物がないなら無理しなくてもいいだろうけど」

「……わたし、飲み物とか食べ物とか必要ないの」

「あっ、そうか」

レーシェの肉体は、神が受肉用に創ったもの。何百年だろうと飲まず食わずでゲームし続けることが可能なように設計されている。

レーシェは飲み物を飲んだことがない。

「……理屈上は平気なはずなのよ。この程度の液体ごとき、わたしの体内に入れたところで何も影響はないはずだし」

そう言いながらもレーシェは神妙な面持ちだ。

初めて水たまりを見た子猫のように、恐る恐る、その唇をジュースの小瓶に近づけて。

「ぶぅっっっっっ！」

噴きだした。

わずか数ミリリットル口に含んだだけで、レーシェはそれを盛大に噴きだした。

「うわっ、俺にかけてどうすんだよ⁉」

「無理よ！　なんか無理！」

レーシェがぶんぶんと首を横にふる。

「わたしの身体《からだ》が、この不純物を否定してるわ！」

「……いや不純物って。まあわかるけどさ」

神の肉体にとってはそうなのだろう。

水分補給を必要としない完璧な肉体に、無駄なものを加える必要などないからだ。

「別にいいんじゃないか？」

「嫌よ」

レーシェが悔しげに唇を噛《か》みしめた。

「ゲーム中のギミックは全て達成する、それがプレイヤーの礼儀でしょ！」

「ならどうするのさ」

「……任せたわ」

ずいっ、と。

持っていたジュースの小瓶を、なぜかレーシェから押しつけられた。

「俺に飲めと？」

「違うわ」

「じゃあ何さ」

「……フェイ」

初めて聴くようなか細い声。

大きな瞳を潤ませて、レーシェにじっと見つめられた。

「……飲ませて」

「――――」

「……わたし……こういうの慣れてないから……」

宝玉のように綺麗《きれい》な瞳に見つめられて。

「……お願いね」

「やだ」

「なんでっ⁉」

「雰囲気がなんか怪しいし。とりあえず飲めなかったら捨てていいだろ」

大きく溜息《ためいき》。

そんなフェイが目をやったのは、蜂蜜《はちみつ》ジュースを飲みおえた金髪の少女だ。

「ああそうだパール、一つ大事な話があってさ」

パールを手招き。念のため端子精霊《ミ　イ　プ》にも聞こえないよう声を抑えて。

「他の奴《やつ》らには言うなよ」

「……何をです？」

「太陽の花を持ってるのは・・・・・・・・・・レーシェ・・・・・じゃない・・・」

「はひっ⁉」

金髪の少女が、その場で小さく飛び跳ねた。

「ど、どどういうことです⁉……ってことはええと。ゲームが始まる前にフェイさんとレーシェさんが同時にあの表明《カミングアウト》をして、レーシェさんじゃない方の――――」

「そういうことだから。じゃあ任せた」

パールにそう告げて、フェイはくるりと踵《きびす》を返した。

盛大に溜息《ためいき》をつくレーシェ。そして彼女が持っていた小瓶は空っぽになっている。

「あれ。空になってる」

「……向こうの茂みに捨ててきたわ」

なんとも残念そうなレーシェの口ぶり。

「……わたしとしたことが、ゲームギミックを諦めるなんて」

ジリリリリッッ、と。

目覚まし時計のように甲高い警報がオアシスに鳴り響いたのは、その時だった。

「な、何よっ⁉　何よこの音⁉」

水辺を偵察していたカミィラが駆けてくる。

「誰かが何かしたの⁉」

『あ、言い忘れてました』

空から降りてくる端子精霊《ミイプ》たち。

『このオアシス、全員がジュースを飲み終えると休憩が終わったものとみなされます。強制的に追い出されちゃいますね』

「だから先に言えぇぇぇぇっっっ⁉」

見えない腕に突き飛ばされたように、フェイたちは強制的にオアシスの外へ。

再び噴きだす汗。

猛烈な熱波が舞う大砂漠に放り出される。

「あれ!? フェイさん、もうオアシスに後戻りできないみたいです！」

パールの手が見えない壁に阻まれる。安全地帯《オアシス》に逃げ込めるのはゲーム中一度という制約なのだろう。ということは——

『にゃあ！』

『にゃあ！』『にゃあ！』『にゃあ！』『にゃあ！』

被造獣《ビースト》の雄叫《おたけ》び。匂いか気配か。こちらがオアシスを出た途端、砂丘にいた千体以上もの軍勢が一斉に振り向いたのだ。

「見つかった!? 全員、ピラミッドまで走るわよ！」

巨大ピラミッドを指さすカミィラ。

全員が走りだすが、背後で轟《とどろ》く被造獣《ビースト》たちの雄叫びと足音がみるみる迫ってきている。

それも先ほどより強く。

「な、なんか猫ゴーレムの足が速くなってませんかフェイさん！」

オアシス到達が中継地点。

ゲーム難易度が一段引き上がり、神の軍勢が加速したのだ。

「パールこっちだ！」

「ちょ、ちょっと待ってくださいってば！」

最後尾のパールが慌てて空間転移。

この場でもっとも走るのが遅いパールは、三十メートルの空間転移を駆使してフェイたちに追いつくのが精一杯だ。

……パールの瞬間転移は、本当は緊急回避にとっておきたいけど。

……そんな余裕ないな。

被造獣《ビースト》たちが雪崩《なだれ》のごとく押し寄せてくる。

そのとてつもない重圧感に、フェイさえ背筋がぞっと冷たくなるほどだ。

逃げられない。地平線にいたはずの被造獣《ビースト》が、もう荒々しい吐息が首筋に触れるほどの距離まで迫ってきていて——

「レーシェ、もう一回いけるか」

「割ればいいのね」

レーシェの拳が砂漠に突き刺さる。

先と同じ。天地がひっくり返るほどの鳴動と共に、砂の大海原にぱっくりと巨大な亀裂が広がっていく。それを前に——

神の軍勢が加速した。

急停止するどころか、亀裂に向かってみるみる速度を上げて。

『にゃあ!』

走り幅跳びさながらに、崖のように深い亀裂を飛び越えだした。

「うそぉっ⁉」

レーシェもさすがに想定外だ。

こちら側の崖に着地する何百体という被造獣《ビースト》を前に、慌てて跳びさがる。

警戒。神の軍勢たちがまだ隠し能力を秘めている可能性がある以上、レーシェも直接の攻防を避けるという判断なのだろう。

『我が軍勢よ、進め』

響きわたる神の声に従って、亀裂を飛び越えた被造獣《ビースト》たちが突撃してくる。

「くそっ、離れろ！」

使徒の一人が手を突き出した。火の粉が渦を巻くように凝縮。炎の弾丸と化し、突撃してくる被造獣《ビースト》たちに向かって射出。

――ぱしゅっ。

その炎が、掻《か》き消えた。

被造獣《ビースト》たちが一斉に構えた砂の盾に防がれて。

「魔法封じの盾だと⁉」

『突撃にゃっ！』／『花を渡すにゃ！』

何十体という砂のゴーレムによって組み伏せられていく『大天使《アークエンジェル》』の使徒たち。

花を奪われた者は脱落。

大砂漠から、次々と現実世界へと送り返されていく。

「ちょ、ちょっと離しなさい！　この……っ！」

襟首を掴《つか》まれて悲鳴を上げたのは、眼鏡《めがね》をかけたチームリーダーの女使徒だ。

フェイたちが振り返った時にはもう——

数体の被造獣《ビースト》たちに羽交い締めにされたカミィラの姿が。

「カミィラさん!?」

「来るなっっ！」

手を伸ばしかけたパールがビクッと身を震わせた。被造獣《ビースト》に囲まれたカミィラが、鬼気迫る表情でこちらを見つめていたからだ。

「私が持ってるのは砂の花。奪われたって負けじゃない！」

「……で、でも……！」

「ピラミッドに走って！　そして私に群がったことを後悔なさいエロ猫ども！」

カミィラの両手に灯《とも》る青い光。

「一切合切凍りつけ！」

氷の大壁《アイスウォール》。

今まさにフェイたちへと飛びかかろうとした被造獣《ビースト》の軍勢が、地中から衝《つ》きだした氷の壁に次々と弾《はじ》かれた。

物理的な障害物だ。

いかに魔法封じの盾をもっていようと、そびえたつ氷の壁は無効化できない。

「行って！　私たちに構わずに！」

「……ああ、悪い！」

氷の壁の向こう——被造獣《ビースト》の軍勢に取り押さえられたチーム『大天使《アークエンジエル》』に向かって叫び、フェイは身をひるがえした。

ピラミッドまで目算六百メートル。

鋭利な三角形のシルエットが、もう肉眼でもはっきりと見て取れる。

——人間側、残り5人。（太陽1、毒1、砂3）

——神の軍勢、神を含めて1987体。（太陽1、毒1、砂1985）

「進むぞ！」

先頭を往《ゆ》くダークス。

黒のコートを激しくなびかせて、その手に自分の花を握りしめて砂を蹴る。そんな彼の後ろ姿を見つめるケルリッチ。

「ダークス、花を隠しておくべきでは？」

「奴《やつ》らに捕まればいずれにせよ終わりだ。隠す意味がないなら、花を投げ渡せるよう手に持っておく方がいい」

「……正論ですね」

褐色の少女が小さく嘆息。

「ピラミッドまであと五百メートルほどです。私が太陽の花を持っていたら、いっそ全力で走りきるのですが」

「お前の花は違うと？」

「ダークスこそ」

「俺のは砂だ。奪われようと何にもならん」

「……なるほど」

ケルリッチがこちらに振り返る。

彼女からすれば、太陽の花は自分、フェイ、レーシェ、パールの三人に絞られた。

その刹那。ケルリッチが後方に振り返った一秒未満の「隙」に。

——ざぁぁっ。

流砂さながらに、ケルリッチの足下で砂が蠢《うごめ》いた。

「……なっ⁉」

砂の中から飛びだす被造獣《ビースト》。

隠れていたのか、それとも新たに生成されたのか。追いつかれるまでまだ距離があると信じきっていたケルリッチが、一瞬、反応が遅れる。

『にゃあ！』

「ダークス・ウィンド！」

ダークスの風魔法。威力と効果をぎりぎりまで絞った旋風を引き起こし、ケルリッチに襲いかかった砂のゴーレムを弾《はじ》き飛ばす。

が。

「――――神罰にゃ！」

はるか地平線上で。

フェイは、大きな三角帽子《さんかくぼうし》をかぶった被造獣《ビースト》が杖《つえ》を振り上げたのを確かに見た。

神の裁き。

その狙いが黒コートの青年であることを察知し、ケルリッチが青ざめる。

「ダークス!?」

「さ、させません！『気まぐれな旅人《ザ・ワンダリング》』！」

パールが吼《ほ》えた。

黄金色の転移門《ワープポータル》がダークスの目の前に出現。

「ダークスさん飛びこんで！」

瞬間転移ならば砂嵐からも逃れられる。転移門《ワープポータル》に飛びこもうとするダークスの指先が、黄金の輪っかに一瞬触れて――

吹き荒れる神の砂嵐が、ダークスを呑《の》みこんだ。

「ダークス！」

空を衝《つ》くほどに吹き荒れる砂嵐へ、フェイは叫んだ。

強制的なプレイヤー脱落。

ダークスとはいえ生身の人間だ。あの直撃を浴びて耐えられる道理はない。

――ダークス・ギア・シミター脱落。

人間側残り四名（フェイ、レーシェ、パール、ケルリッチ）。

「……この……砂人形があぁぁぁぁぁっ！」

咆吼《ほうこう》が、大気を切り裂いた。

魔法使い型のゴーレムへ、ケルリッチが怒髪天を衝く勢いで走りだす。

ピラミッドから逆走する方向へ。

「待てケルリッチ！」

「……私は冷静ですよフェイ」

振り向きもしないケルリッチ。

「あなたは知っているはず。私が持っているのは砂の花です」

拳を握りしめて。

「フェイ、パール、レオレーシェ様。太陽の花を持っているのはあなたがた三人の誰か。ならば私はここで足止めです。残り四人となった今、あなた方が一秒でも早くピラミッドに着くのが最適解です」

「――気が合うわね」

「え？」

「わたしが持ってるのも太陽の花じゃないし。足止め班しよっかな」

ざっ……

砂を蹴散らして。

レーシェとケルリッチの二人が、神の軍勢に向かって突っ込んだ。

神秘法院マル＝ラ支部。

地下ダイヴセンターは、埃《ほこり》の舞う音すら煩わしいほど冷たく静まりかえっていた。

誰一人喋《しゃべ》らない。

呼吸さえ忘れてモニターを見上げている。そんな極限の緊迫状態のなか――

「あ痛《いた》っ⁉」

人間が落ちてきた。

精霊ウンディーネを模した巨神像の水瓶《みずがめ》から、女の使徒が滑り落ちてきたのだ。

「……神さまって脱落者には容赦ないわね」

ウェーブのかかった茶髪の女性だ。

落下してきた衝撃でズレた眼鏡《めがね》を直して、その場にいる面々を見回して。

「……申し訳ありません事務長」

「いや、ご苦労だったカミィラ」

厳《いか》めしい顔をした事務長が、パイプ椅子に座ったまま首肯。

神々の遊びで脱落したプレイヤーは現実世界に送り返される。チーム『大天使《アークエンジェル》』の十人はこれで全員が帰還済みである。

「カミィラ、聞きたいことがある」

戻ってきたばかりの女使徒を、サングラス越しに見やる事務長。

「このゲーム、状況が芳《かんば》しくないことは観衆《おれたち》にもわかる。人間側は残り四人。対して神側は千なのか二千なのかもわからぬ大軍勢だ」

「はい」

「率直に聞くぞ。太陽の花を持っているのは誰だ？」

ホールがしんと静まりかえる。

何十万人という観戦者たちが、今まさに同じ疑問を抱いていることだろう。

「……私にもさっぱり」

カミィラが、弱った微苦笑で肩をすくめてみせた。

「花を配ったのは彼《フェイ》です。私たちも誰がどの花を持っているのやら。……現状、チーム『大天使《アークエンジェル》』に配られたのが全部砂の花だったのは間違いないですが」

「太陽と毒はどちらも残っていると？」

「……はい。でも実質、太陽を持ってるのはほぼ二択です」

カミィラが大スクリーンに振り返った。

そこに映る人物たちを見上げて。

「これは目的地《ピラミッド》まで太陽の花を運ぶゲーム。にもかかわらず、レオレーシェ様とケルリッチが目的地《ピラミッド》到達を放棄して足止めを選んだ。この時点で、二人が太陽の花を持っていないことは明らかです」

「太陽の花を持っているのは、目的地《ピラミッド》に走っている二人だな」

押し殺した声音で応じる事務長。

「つまりフェイ殿かパールのどちらかだ。片方が太陽の花を持ち、その対となるもう一人が毒の花を持っているというのが妥当だな」

フェイ：太陽あるいは毒。(目的地《ピラミッド》を目指す)
パール：太陽あるいは毒。(目的地《ピラミッド》を目指す)
竜神レオレーシエ：砂。(目的地《ピラミッド》を放棄して、神の軍勢を足止め中)
ケルリッチ：砂。(目的地《ピラミッド》を放棄して、神の軍勢を足止め中)

ここまでは観客視点でも見える。

一つ懸念があるとすれば、この花の内訳が、神マアトマ2世からも容易に見透かされてしまっているということだが。

……コツッ。

硬い靴音が、地下ホールに響いたのはその時だ。

「ダークスッ⁉」

巨神像から転送されてきた黒コートの青年が、軽やかにその場に着地した。

ダイヴセンターに集う事務員と使徒を一望して。

「ネルよ」

「っ！」

その呼びかけに。

ホールの端でじっと口をつぐんでいたネルは、ハッと顔を持ち上げた。

「お前への『負け分』は、これで終《しま》いだ」

二日前。

ここ神秘法院ビルの片隅で、自分《ネル》とダークスは一つの賭けを実行した。

〝親善試合。彼《フェイ》のチームと俺のチームで。俺が負ければ、お前の言うことを何でも一つ聞く。だが俺が彼《フェイ》に勝った時は〟

〝……私が、お前の傘下《さんか》に入れと〟

親善試合の勝者はフェイだった。

その賭けに則《のっと》り、自分《ネル》は、ダークスに要求したのだ。

「フェイが勝利するように全力を尽くすこと。それがお前の要求だったな」

「……そうだ」

「じきゲームも終盤だ」

脱落したばかりのプレーヤーとは思えぬほどの、勇猛なるまなざしで。

筆頭使徒ダークスは言葉を続けた。

「見届けるがいい。お前が選んだ男のプレイを」

2

熱線がふりそそぐ大砂漠。

その丘陵を転がり落ちるがごとく、褐色の少女ケルリッチは何十体という砂のゴーレムから全力で逃げ続けていた。

『にゃあ！』

「いい加減、しつこいです」

背後から迫る気配に、舌打ち。

——振り切れない。

超人型の脚力をもってしても、距離を空けるどころか縮められていく。それもそのはず。神の被造獣《ビースト》は、ゲーム中、時間経過と共に走行速度が増していく。

「……早く……時間稼ぎだってそう持たないですよ！」

はるか彼方《かなた》。

目的地《ピラミッド》を目指す二人へ、ケルリッチは荒らげた息を吐きだした。

黄金色に輝く四角錐《しかくすい》。

太陽を浴びて輝くピラミッドを指さして、パールが吼《ほ》えた。

「……はぁ……っ、はっ……ぁ……フェイさん遂《つい》にです！」

たどり着いた。

立方体の石を積み重ねた古代墳墓。

何千体という被造獣《ビースト》たちは、レーシェとケルリッチが全力で食い止めている。今のうちに最上段まで上りきらなくては。

「パール、わかってるだろうけど言っておくぞ！」

こちらも息を荒らげながら、フェイは懐から一本の花を取りだした。

「太陽の花を持ってるのは俺だ！」

最有力候補のレーシェでもケルリッチでもなく。

太陽の花を運んできたのは自分《フェイ》だ。

「こいつを最上段に捧《ささ》げれば勝ちだ」

「で、ですよね！　ならアタシが、フェイさんを全力で守る役です！」

ピラミッドの真正面。

石段を積み重ねた斜面のちょうど中央に、階段ではなくまっすぐ整備された長大な坂道が一直線に最上段まで延びている。

これを駆け上がれば――

『よくぞたどり着いた』

厳かな神の念話が、はるか頭上から降りそそいだ。
カチャと甲冑《かっちゅう》が擦《こす》れる気配を従えて。
ピラミッドの坂道を、ゆっくりと地上に向けて降りてくる神の姿がそこにはあった。
『この坂道《みち》。見事突破してみせよ』
錫杖《しゃくじょう》を構えた神が両手を広げる。
その構えがもたらす圧倒的な重圧に、フェイとパールの額から冷たい汗が噴きだした。
何千体という被造獣《ビースト》よりも――
たった一柱の「神」が湛《たた》える気配の、なんと猛々《たけだけ》しきことか。
「フェイさん!?」
「止まるなパール、俺たちは最上段まで駆け上がるしかないんだよ！」
そう鼓舞するしかない。
この坂道を、神という最大の壁を突破して上りきらなければ勝利がないのだ。
……だけどレーシェ無しでどうする!?

……力ずくでどうにかできる相手じゃない。パールの神呪《アライズ》がすべてだ。

瞬間転移で神を飛び越える。神に捕まるギリギリまで引きつけて発動し、三十メートルの距離を渡って坂の上部に転移する。

——その思考。

フェイが全集中力を注いだ瞬間を、神は見抜いていた。

『来たれ我が軍《サモンキャヤッツ》』

フェイの足下で砂が蠢《うごめ》いた。

飛び上がった砂の粒が、フェイの足に食らいつく。

「なっ⁉」

『捕まえたにゃ！』

砂の中から浮かび上がる巨体。

フェイの足首を掴《つか》んだ兵士だけではない。次々と生成される被造獣《ビースト》がフェイの左腕と太ももを万力のごとく挟んで逃がさない。完全に捕獲された。

「フェイさん⁉」

「俺に構うな！」

唯一動く右腕で、フェイは自らの手中にあった花を放り投げた。

空を渡る白い花。

それがパールの手に収まった瞬間――神マアトマ２世、そしてフェイを取り押さえていた全兵士が、一斉にパールが掴《つか》んだ花を凝視した。

『太陽か！』

砂の花ならば譲渡する必要がない。

毒の花ならば兵士にわざと奪わせればいい。

フェイが咄嗟《とっさ》に花を投げ渡したのは、それが太陽の花だから以外にない。

――太陽の花はパールで確定。（パールは砂か毒のどちらかをもう一本所持）。

「パール、お前の空間転移《テレポート》がすべてだ！　走れ！」

フェイの一言で――

この場の全兵士に向けて神が命じた。

『捕らえよ』

花を失ったフェイを突き飛ばし、三体の被造獣《ビースト》がパール目指して坂道を駆け上がる。

坂道の前方には神が待ち構え、後方からは被造獣《ビースト》。

完全な挟み撃ち。

「……上等です！」

フェイから託された花を握りしめ、パールは坂道を駆け上がった。

『我を超えようと？』

「超えなきゃ一番上に行けないんです！」

止まれば被造獣《ビースト》に追いつかれる。

パールが凝視する先は、錫杖《しゃくじょう》とともに両手を広げて待ち構える神。息を切らして坂道を駆け上がる。神までの距離残り十メートル……八メートル……五メートル。

そして神と人は、同時に動いた。

『神前である』

「気まぐれな旅人《ザ・ワンダリング》！」

マアトマ2世が手を伸ばす。その手に捕まる寸前に、金髪の少女は、黄金色に輝く転移《ワープ》門《ポータル》の中へと飛びこんだ。

『――――ほう』

瞬間転移。

マアトマ2世は神であり、人間に神呪《アライズ》を授ける側だ。何よりも「神々の遊び」のなかで、パール以外の転移能力者《テレポーター》と戦った経験が幾度もある。

看破は至極たやすい。

この人間は、神を飛び越えてピラミッドの上部へ転移する気だ。

『そこか』

錫杖《しやくじよう》を構えて振り返る。

ピラミッド最上段に延びる坂道、そこに金髪の少女は――――いなかった。

『……？』

どこだ。金髪の少女が坂道のどこにもいない。

瞬間転移とはいえ移動距離には限りがある。いったいどこに――

「こっちです！」

三十メートル上空。

ピラミッド上部へ転移したのではない。パールが転移したのは、それを予測して振り返るであろう神の頭上だった。

「人間側《アタシたち》の勝利条件は二つある！」

【勝利条件1】太陽の花をピラミッドの最上段に捧《ささ》げること。

【勝利条件2】神チーム側の太陽の花を奪うこと。

狙いはマアトマ2世が持つ錫杖だ。

その先端、ガラスの球体に納められた花。神がここまで大事に抱えている花が太陽以外にありえない。

上空からのパールの奇襲に、神は反応が一手遅れた。

「この花を獲《と》ればアタシたちの勝ちです！」

空から落下するパールが拳を固める。その拳が、神マアトマ2世の持っている錫杖の先端を狙い違《たが》わず叩《たた》き割った。

――リイイイイッン。

澄みきった音。透きとおったガラスの球体が千々《ちぢ》に砕けて、そこに封じられていた花がパールの掌《てのひら》へと収まった。

「や、……やった!?」

小さな花の蕾《つぼみ》を天へと掲げて、パールは飛び上がった。

「やりましたよフェイさん！　皆さん！　神さまから花を奪いました！」

蕾がゆっくりと開いていく。

そして咲き誇る大輪の花。

世にも毒々しい黒の花が。

「…………………え？」

疑問の声を上げた途端、パールの全身が金縛りにあったように動かなくなった。

五秒間の行動阻害《スタン》。

毒の花を奪ってしまったチームへの神罰《デバフ》だ。

「……ど、どうして………」

『我の持つ花が太陽であると。それは人間側《おまえたち》の抱いた願望であろう？』

悠然と近づいてくる神マアトマ2世。

一歩も足を動かせないパールへ、一歩また一歩と近づいてくる。

…………いや。

思えば僅かに。ほんの僅かに、パール自身にも悪寒めいた不安はあったのだ。

これは知略戦。

神が太陽の花を持っている。その可能性さえも罠《わな》だとしたら？

マアトマ2世は、自分が持っているのが太陽の花などと一言も言っていない。人間がただ都合良くそう願っていただけ。

「……だ、だけど……」

『我が太陽の花の在処《ありか》か？　ならば特別に教示してやろう』

パールの見下ろす大砂漠——

その地平線で、突如、まさに太陽に似た黄金色の光が空へと立ち上っていく。

神の軍勢の誰でもない。

いま黄金色の光が上っている場所には、一体の被造獣《ビースト》もいないのだ。

椰子《やし》や植物が、みずみずしく生い茂る――

「まさかっ⁉」

『木を隠すなら森であろう』

端子精霊《ミイプ》に呼びこまれて、人間チームが立ち寄った休憩ポイント。

太陽の花は、オアシスに咲く花々の中に隠されていた。

思えば――

端子精霊《ミイプ》はゲーム開始前こう言っていた。『我が主神は、そちらの作戦会議が終わったら登場されます』と。

神の登場には時間がかかった。

まさにあの時、神は太陽の花をオアシスに隠していたのだ。その後に被造獣《ビースト》から毒の花を譲渡されて杖《つえ》に仕込んだ。

意味があったのだ。

そして「登場に時間がかかった」事にさえ、神からの攻略ヒントは隠されていた。

――オアシスという攻略ギミック。

あまりにも大胆不敵に。

パールのみならず世界中の観戦者にも丸見えの場所に、太陽の花は置かれていたのだ。

だが人間は誰一人として神の知略に及ばなかった。

「…………」

思い知らされた。

巨神タイタン、無限神ウロボロスでの連勝を経て、「今回もひょっとして勝てるかも?」

という甘さが心のどこかに芽生えていたことに。

その慢心が、打ち砕かれた。

神は優しくない。

人間があらゆる知略を、読み合いを、心理戦の限りを尽くしても、それでも勝利できないからこそ「神」なのだ。

『毒の花の効果により人間側《おまえたち》の太陽の花が表示される。尤《もつと》もお前以外にあるまいが』

「……っ」

動けないパールの手から、二本の花がこぼれた。

地面に落ちた花の蕾《つぼみ》が、マアトマ2世の見下ろすなか開いていく。

真っ白い花。

『一本目は砂か。これが毒ならば少々面白かったのだが』

そして二本目。

パールが彼《フェイ》から託されて、死守を誓った花が、神に奪われて蕾が開いていく。

『これにて決着――――っ！』


真っ白い砂の花。


『なにっ⁉』

「……え？」

花を奪われたパールさえ、足下で咲いた花の色を見つめて言葉が出なかった。

自分が渡されたのは太陽の花以外ないと疑わなかった。

だが実際は砂の花。

「……ど、どうして⁉」

花を奪われたことでパール自身は脱落。現実世界に戻っていく寸前に、確かに見た。

毒の花の効果で、太陽の花のありかがわかる。

だが地平線の先にいるレーシェ、ケルリッチのどちらの花も反応しないのだ。

残る二名は竜神レオレーシェ、ケルリッチ。

うち太陽の花の所持者なし。

『何故だ……』

神の念話に走る動揺《ノイズ》。

思えばあの時からだ。世界中の観戦者たちが度肝を抜かれた、衝撃のカミングアウトが起きた時から、何かが起こりそうな予感はあった。


〝太陽の花を持っているのは、俺だ〟

〝太陽の花を持っているのは、わたしよ〟

神に対する挑戦状《カミングアウト》。
この時点で神も世界中の観戦者も、冷静に分析できていたはずなのだ。
三通り。
可能性1：フェイが嘘《うそ》をついている。（太陽の花はレーシェ）
可能性2：レーシェが嘘をついている。（太陽の花はフェイ）
可能性3：二人とも嘘をついている。（太陽の花は、残る十三人の誰かが所持）
だが真実は――

可能性4：誰も太陽の花を持っていない。

あり得ない。

ここまでの過程を思い返せば、それは容易に断言できるはず。

①　ゲーム開始前、端子精霊《ミイプ》は一人一本ずつ花を配った。
（初期配置ではパールが太陽の花を持っていた）

②　十五本の花をフェイが回収し、それを全員に配り直した。

③　②の時点で、人間側の「誰か」が太陽の花を持っているのは確定。

誰かが太陽の花を持っていたのは間違いない。

だが残る二人は、どちらも太陽の花を持っていない。

『……何だこれは……』

大砂漠が震えだす。激昂《げっこう》とも咆吼《ほうこう》ともつかぬ神マアトマ2世の「激情」が、無限に広がる砂の世界にこだました。

『太陽はどこへ消えたっっ！』

そこへ。

脱落したはずの「少年」の声が、美しいほどに重なった。

「──教えてやるよ。答え合わせの時間だ、神！」


その声に。その姿に──

神が。

全世界の観戦者たちが、一斉に我が目を疑った。

なぜ脱落していない。

パールに花を譲渡したはずの少年が。

「フェイ!?」

砂漠を駆けるフェイの姿に気づいたケルリッチが、同じく目をみひらいた。

信じられない光景《プレイ》を見た。

彼の生存だけでない。彼の手に、煌々《こうこう》と輝く太陽の花が握られていたからだ。

「単純明解だ」

広大な砂漠の砂を蹴り、そびえたつピラミッドをフェイは見上げた。

「俺はここまで二本の花を持っていた」

『っっ！』

その一言で──

マアトマ2世は全容を理解した。

フェイ：太陽と砂を所持し、そのうちの砂をパールに投げ渡した。

フェイが二本の花を持っている――

この仕掛けによって、神は、パールに投げ渡したものが太陽と思い込んだ。

太陽の花を失ったフェイは失格。だから神はフェイを無視し、太陽の花を持つパールの追跡を命じたのだ。ここまでがすべて計算内。

「なぜ俺が花を二本持ってるかだって？」

神ではない。

この戦いを見守る全世界へ。

「一人だけいただろ、被造獣《ビースト》に花を奪われないまま脱落していった奴が」

〝……ふん、くだらん茶番だ〟

遠く、遠く。

この戦いを見守る黒コートの青年の不敵な笑みが、見えた気がした。

神の砂嵐によってダークスは脱落した。

それが狙い。彼が狙っていたのは、花を奪われずに脱落する一番自然な方法だった。

その瞬間こそが――

〝『気まぐれな旅人《ザ・ワンダリング》』、ダークスさん飛びこんで！〟

〝転移門《ワープポータル》に飛びこもうとするダークスの指先が、黄金の輪っかに一瞬触れて――〟

触れていたのだ。

ダークスはあの刹那、自分の花を転移門《ワープポータル》に投げ入れてフェイに譲渡した。咄嗟《とっさ》の機転では間に合わない。だが――

〝ダークス、花を隠しておくべきでは？〟

〝花を投げ渡せるよう手に持っておく方がいい〟

最初から狙っていたのだ。

ダークスは自らが砂嵐に呑《の》まれることで、花を投げ渡す瞬間を隠しきった。

だが神（全世界）は？

砂嵐に巻きこまれたダークスは花もろとも消えたと錯覚した。太陽の花がダークスからフェイに譲渡されていたなど夢にも思わずに。

「神は自ら奇跡を啓《ひら》く者にのみ微笑《ほほえ》む。どうだ、楽しいゲームになっただろ神！」

『愉快！』

神が高らかに笑い声を響かせ、そして諸手《もろて》を広げた。

ピラミッドの最上段へと続く坂道――もっとも天に近き祭壇に立ち塞がる、強大無比の神として。

『太陽に続く道。見事超えてみせよ！』

正真正銘の一騎打ち。フェイが祭壇にたどり着けば勝利。「神を超える」という最大の難関さえ突破することができるなら。

『来《サ》たれ《モン》我《キャ》が軍《ッツ》』

神が錫杖《しゃくじょう》を振り下ろして――――――止まった。

『…………なに？』

全身が動かない。

全知全能の神マアトマ2世が杖《つえ》を振り下ろせずに固まった。このゲーム空間を支配する神が、突如として力を発揮できなくなったのだ。

『……何だ……これは！』

いや理解できる。

これは五秒間の行動阻害《スタン》。

毒の花を奪ってしまったチームへの神罰《デバフ》である。まさか——

「神《あなた》は、兵士すべてを止めるべきだった」


ピラミッドから見下ろす砂漠の大地。

炎燈色《ヴァーミリオン》の髪をなびかせて、元神さまの少女が陽光のなか振り向いた。

「フェイとパールが毒の花を持っていないとわかった時点で、三千体の兵士に緊急停止を下すべきだったのよ。毒の花を持ってるのは誰かしら」

『ッッッ！』

「わたしが毒の花を無理やり握らせた」

レーシェの眼前。

そこに立つ被造獣《ビースト》の手に握られているのは毒々しい黒の花。今まさに、レーシェが自分の花を力ずくで押しつけたのだ。

「わたしが毒の花を持っていた。でもそれって太陽の花とのカモフラージュじゃないわ。いつでも行動阻害《スタン》を発動させるため」

竜神レオレーシェなら毒の花を奪われることがなく、また逆に、いついかなるタイミングでも毒の花を力ずくで押しつけることができる。

――花を奪われてはならない。

その固定観念の逆転。

わざと花を奪わせる（押しつける）ことで、五秒の行動阻害《スタン》を神側に強制する。

それがレーシェの役割だったのだ。

『……だが五秒など！』

フェイはまだピラミッドの坂道の下段だ。祭壇にたどり着く前にマアトマ２世は全身の自由を取り戻す。

「なんて思ってるんだろ？」

神に向かって駆け上がる少年は。

動かぬ神を、大胆不敵にも指さししていた。

「大事なことを忘れてるぜ神さま」

『なにっ』

「――私を忘れてもらっては困ります。神さまからすれば取るに足らない人間ですが」

褐色の少女が、坂道を駆け上がるフェイの真後ろに追いついていた。

神呪《アライズ》『練気集中《オーラ・ドライブ》』発動。

その小さき拳に、強大な衝撃波を込めて。

「彼《フェイ》を祭壇まで殴り飛ばすくらい、できますから」

『────────っっっっ！』

「飛びなさい」

ケルリッチの声に導かれるままフェイは跳んだ。

とはいえ、全力で走った加速度をつけてもたかが真上に二メートル。

「貧弱なジャンプですね。それでも超人型ですか？」

「だから頼むんだよ」

「フェイ、私、あなたにちょっとだけ嫉妬します」

飛び上がったフェイの靴裏に、ケルリッチが拳を添えた。

その瞬間──無表情を常とする少女が、一瞬、ふっと微苦笑したのを確かに見た。

「あなたが現れて以来、ダークスの心はあなたに釘付《くぎづ》けです」

「なんだって？」

「だから、これは私の憂さ晴らし！」

衝撃。ケルリッチの拳に押され、フェイは空高くへと舞い上がった。ロケット噴射さながらの推進力で神の頭上を飛び越えて──

ピラミッドの上空へ。

「……痛っっ！　本気で殴っただろ今の⁉」

こちらを見上げる神マアトマ2世。そして「ふん」となぜかしてやったりといった顔で腕組みするケルリッチを見下ろしながら——

黄金色の祭壇へ。

フェイは、ピラミッドの最上段へと着地した。

「ま。俺たち全員の合同勝利っつぅことで」

『異存ない』

太陽の光のなか、神マアトマ2世の姿が溶けるように消えていく。

満足しきった。

そう言いたげに、言葉を弾ませて。

『人と神の遊戯《ゲーム》に終わりはない。人間よ、新たな遊戯《ゲーム》で待っている』

「楽しみにしてるよ」

『ゆえにその花、預けておこう』

祭壇に捧《ささ》げられた太陽の花が、一層力強く輝いて——

フェイがまぶたを閉じた一瞬後。

神とその軍勢は、大砂漠のどこからも姿を消していた。

VS『太陽の軍神』マアトマ2世。
ゲーム内容『太陽争奪リレー』、攻略時間54分19秒にて『勝利』。
【勝利条件1】神の祭壇に到達して「太陽の花」を捧げること。
【勝利条件2】神のチームから「太陽の花」を奪うこと。
【敗北条件】人間チームが「太陽の花」を奪われること。
【ルール1】ゲーム開始後から自分の花を失ったプレイヤーは失格。
勝利報酬《ドロップアイテム》：『太陽の花』。
入手難易度「神話級」。（太陽を呼ぶ力があるとされるが、詳細不明）

3

現実世界への帰還——

ダイヴセンターに戻ったフェイを出迎えたのは、ホールが震えるほどの盛大な拍手だ。

「お手並み拝見した。見事だフェイ氏」

上機嫌な事務長バレッガ。

「このゲームの視聴者数だが、マル＝ラ支部の生放送《ストリーム》の歴代一位をぶっちぎりで更新した。君たちを招待した甲斐《かい》があった」

「——そんなことよりフェイ、答え合わせの続きをお願いします」

割りこんだのはケルリッチだ。

「太陽の花はダークスが持っていた。それをダークスが脱落寸前にあなたに譲渡していた。経過はわかりましたが、あまりに手際が良すぎでは？」

「っていうと」

「太陽の花を任されたなら命がけで花を守ろうとするはず。なのにダークスは最初から、あなたに太陽の花を譲るつもりで動いていたように見えました」

「ああ。実際そう動いたんだろ」

「……どんなトリックを使ったのです？」

太陽の花を預ける。

――だがゲーム途中で、太陽の花を自分《フェイ》に渡せ。

こんな複雑かつ重要な作戦を以心伝心でというのは無理だ。自分《フェイ》とダークスは数日前に出会ったばかり。同じチームで戦ってきた旧友ではない。

「まさか『俺たちなら心が通じるはずだ』なんて不確定な信頼ではありませんよね。どうやって作戦を伝えたのですか？」

「そりゃもちろんゲーム中にさ」

「……アイコンタクト？」

「もっと具体的に。それは――――」

「ケルリッチ」

言葉を継いだのは、黙って会話を見守っていた黒コートの青年だ。

「フェイが明確な『合図』を送ってきた瞬間があっただろう」

「え？」

「ゲーム開始時。フェイは何と言った？」

「……あっ⁉」

褐色の少女が、つぶらな瞳を大きくみひらいた。

〃太陽の花を持っているのは、俺だ〃
〃太陽の花を持っているのは、わたしよ〃

ダークスは判別できたのだ。

太陽の花を持っているのは自分《ダークス》。

ゆえにフェイとレーシェの宣言はどちらも「嘘《うそ》」。

「ここで重要な点が、二人の宣言が嘘とわかっているのが俺とフェイだけということだ。ゆえに、それを理解している俺宛ての隠しメッセージである可能性が極めて高い」

太陽の花を持っているダークス。

そのダークスの見ている前で、フェイはわざわざ「俺が持っている」と宣言した。

「っ！　持っていないのなら、渡せばいい！」

「その通りだ。そのメッセージが込められていると俺だけに伝わった」

フェイの表明《カミングアウト》は、神に対する挑戦状ではなく。

ダークスに宛てた作戦だったのだ。

そしてレーシェの表明《カミングアウト》は、その意図を紛《まぎ》らせるためのカモフラージュ。

「……あの咄嗟《とっさ》の宣言に……そんな意味が………」

「みんなに伝えられなかったのは悪かったよ。特にパール」

「まったくですぅ」

遂《つい》に来たとばかりに頬を膨らませるパール。

「あたし、フェイさんから太陽の花を任されたってめちゃくちゃ気合い入ってたのに……」

「それくらいじゃないと神さまを騙《だま》せないかなってさ」

神を騙すにはまず味方から。

事実、意味はあった。ダークスが脱落した瞬間のケルリッチの激昂《げっこう》や、マアトマ2世に臆さず突っ込んだパールの勇姿。

フェイの作戦を伝えてしまえば、あの緊迫感は絶対に出せなかっただろう。

「あとダークスのおかげかな。よく気づいてくれたよ」

「造作ない。一度見たトリックだ・・・・・・」

ダークスのその言葉に——

ケルリッチが「あっ」と再び目をみひらいた。

「まさかダークス!? それは一昨日《おととい》の『Mind Arena』の……」

「そう。フェイの作戦《メッセージ》には最初から伏線が張ってあったというわけだ」

〝高速魔法『再来の夢《アンコール》』を詠唱〟

〝あたしはこの効果で、封印庫《ハンガー》に捨てられていたカードの一枚を手札に加えます！〟

一度捨てたと思わせたカード／花を最後の決め手に使う。

――その伏線。

フェイと対戦していたからこそ、さらにはその敗北から目を背けず心に刻み込んでいたからこそ、ダークスは、フェイの表明《カミングアウト》による太陽の花の譲渡作戦を完璧に読み取ることができたのだ。

「どうでもいいことだがな。種明かしに興じる趣味はない」

ダークスが黒コートをひるがえした。

鋭さを湛《たた》えた双眸《そうぼう》の横顔だけを、こちらに向けて。

「フェイよ。永遠のライバルたる俺たちの遊戯《ゲーム》は始まったばかり。次なる決闘の場《フィールド》でお前を待つ！　行くぞケルリッチ！」

「……失礼します。お疲れ様でした」

高らかに靴音を響かせて、ダークスがダイヴセンターを後にする。

続くケルリッチの背中をしばし見守って。

「――で」

フェイは、ホールの隅に座っていた黒髪の少女に振り向いた。

興奮冷めやらぬ面持ちの彼女へ。

「どうだったネル？」

「っ!?　な、何のことだフェイ殿！」

我に返ったネルが、はっとその場に立ち上がった。

「ど、どうだったとは……」

「汗びっしょりだけど」

「っ！」

紅潮した頬。ずっと握りしめていた拳は爪の跡が残っていて、今も首筋には大きな汗の粒が浮かんでいる。

それ程までに夢中で見入って、夢中で応援していたのだろう。

だが。

「本当にこれで満足か？」

「……なっ!?」

「全力で応援してもらえて俺たちは嬉《うれ》しい。勝利もできて万々歳だ。だけどネル、あんた自身は本当に満足なのか？　解析班《アナリスト》ってので」

「っ………」

黒髪の少女が息を呑《の》む。

気づいた。否、見せつけられた。

自分がなぜ「神々の遊び」に今もこれだけ執着しているのか。

――チームメイトに恵まれず三敗して引退。

――そんな自分が遂《つい》に見つけた理想がフェイだった。

彼のチームに入れれば何でもいいのではない。

まだ現役で遊戯《ゲーム》がしたいのだ。共に神々と戦いたい。

「……………そうだ。白状する、私は……本当は、フェイ殿と同じチームで同じ使徒として一緒に『神々の遊び』に挑みたかった……！」

「ならそうしよう」

「！　だ、だが私は三敗した身だ！……もう引退は決定づけられて……」

ネルの左手には「Ⅲ」という敗北数が刻まれている。

神々から刻印された証《あかし》がある限り、神々の遊び場《エレメンツ》にダイヴすることはできない。

「……まさか」

沈黙を破り、バレッガ事務長が自らのサングラスを押し上げた。

「フェイ氏。お前がやろうとしていることは」

「そのまさかですよ」

「だが……アレは極悪な危険《リスク》を背負うことになる。ざっと二十年、全世界でも誰一人として挑戦したものがいないはずだ！」

「承知の上ですよ」

事務長に向かって小さく頷《うなず》いて、フェイは再びネルへと振り向いた。

きょとんとした表情。

自分《フェイ》と事務長が話している内容に心当たりがないのだろう。事務長が言うように、神秘法院でざっと二十年は用いられていない秘密の遊戯《ゲーム》。

「ネル、成績はいくつだっけ」

「……私？……あ、そ、その。『神々の遊び』のことなら三勝三敗だが……」

「――――」

「フェイ殿？」

「・・・・・・うまく調整できそうだ」

自らにそう言い聞かせて、フェイは、事務長に目配せした。

「バレッガ事務長、急ですけどミランダ事務長に連絡とってもらえますか。俺たち『賭け神《ブックメーカー》』と勝負しにいくって」

Chapter

Player.7 まだ諦めたくない脱落者

God's Game We Play

神々の遊び七箇条《ルール》。

そのルール6――合計3回の敗北で挑戦権を失う。

古《いにしえ》より定められた人と神々の箇条《ルール》。

しかし同時に、「神々の遊び」を経て、人類が思い知らされた教訓がある。

――神々は気まぐれだ。

捨てる神あれば拾う神あり。

人間世界にそんな諺《ことわざ》があるように、数多《あまた》の神々のなかには、ごく稀《まれ》に、脱落した使徒とも遊んでやろうという変わり者がいるという。

『再挑戦《リトライ》をかけた勝負？　ああ、確かにあるよ』

神秘法院マル＝ラ支部。

その十二階ゲストルームで、モニターに映るミランダ事務長が溜息《ためいき》を吐きだした。

厄介なことになった。

そんなミランダ事務長の内心が口ぶりからも丸わかりだ。

『神さまってのは遊び好きだから、挑戦を諦めない人間も見捨てはしないのさ。フェイ君よく覚えてたね？』

「俺もうろ覚えですよ。だからミランダ事務長に確認したくて」

『賭け神《ブックメーカー》って呼ばれる神さまがいて、使徒の勝ち星を賭けて戦うことができるんだよ。具体的には、フェイ君の「一勝」を賭けて勝負して、勝てばネル君の「一敗」を帳消しにできる仕組みってわけ』


通常の神‥勝利すれば「一勝」を与える。敗北すれば「一敗」を与える。

賭け神《ブックメーカー》‥勝利すれば「一敗」を消す。敗北すれば「一勝」を消す。


多くの神は、勝利と敗北を「足す」力を持つ。

賭け神《ブックメーカー》はそれを「減らす」のだ。

『ひねくれ者の神さまだけあって、賭け神《ブックメーカー》は、特定の巨神像からダイヴすることでしか遭遇しないよ。賭け神《ブックメーカー》専用の巨神像で、マル＝ラ支部には置いてないみたいだね。ネル君が知らないのも無理はない』

神秘法院で三十年以上戦った記録がない。

その巨神像がマル＝ラ支部に無いことも踏まえれば、マル＝ラ支部の使徒だったネルが知らないのも頷《うなず》ける。

「でも有るんですよね、ルインには」

『……まあねぇ』

モニター向こうで、ミランダ事務長が二度目の溜息。

〝ではレーシェ様、ご覧ください〟

〝我が支部が保管している巨神像のダイヴ申請状況です。全部で五つありまして、一つは・・・使えないので四つがフル稼働中なのですが〟

ルイン支部にある巨神像の一つが未使用。

これこそが賭け神《ブックメーカー》に通じる巨神像だったのだ。

『ウチだともう四十年くらいかな。使われないまま埃《ほこり》かぶった巨神像だよ。あ、もちろん喩《たと》えだし整備自体はちゃんとしてるけど』

フェイの手には紙の資料が握られている。

今朝早くに、ミランダ事務長から送られたデータを印刷したものだ。

賭け神《ブックメーカー》は――

一、人間と賭け神《ブックメーカー》との一騎打ちで遊戯《ゲーム》を行う。

二、賭け代《ベット》は同行者の「一勝」。ここではフェイの一勝をチップとする。

三、挑戦者のネルが勝利すればネルの敗北数が一つ減る。

通算三勝三敗から、三勝二敗へ。

四、ネルが敗北すると賭け代《ベット》していたフェイの勝利数が一つ減る。

通算六勝〇敗から、五勝〇敗へ。

「なるほどね。俺の一勝を使ってネルが賭け神《ブックメーカー》に挑む。勝てばネルの一敗が消えて、二敗に戻るから、そういう理屈で現役復帰できるわけだ」

「――――ま、待ってくれ。こんなのできるわけがない！」

叫んだのは他ならぬネル。

鬼気迫るまなざしで、拳を強く握り固めて。

「私が負けたらフェイ殿の一勝が消えるんだぞ！　賭ける対象が重すぎる……！」

「いやいいよ」

「な……何を言ってるんだフェイ殿⁉」

神々の遊び六勝〇敗。

フェイの通算成績は、既に前人未到の大記録に到達している。

今後さらに強大な神が立ちはだかる可能性はあるが、このままのペースでいけば十勝が見えてくる。人類史上例のない完全攻略が。

「フェイ殿の六勝を、赤の他人である私が賭けて失うようなことがあれば――」

『人類の宝の喪失だね。間違いなく』

モニターの向こう。

頬杖《ほおづえ》を突くミランダ事務長が、押し殺した声でそう続けた。

『神秘法院の事務長として話をすると。フェイ君の勝ち星っていうのは人類の希望そのものなんだよね。たかだか三勝しかできなかったネル君を再起させるために賭けること自体、大問題。わかってるよねネル君？』

「…………っ」

『フェイ君の功績を見てると勘違いしそうになるんだけど、そもそも神々の遊びで一勝を挙げることは本当に難しい。今日だって私のもとに入ってきた結果は三戦すべて「負け」なんだよ』

神々の遊びの平均勝率11パーセント。

フェイや竜神レオレーシェのような一握りの勝利者の裏に、何百人という使徒が惨敗しているのが現実。

『人類が死に物狂いで掴《つか》み取った一勝を賭ける。賭け率でいうなら一勝と釣り合うべきは一敗どころか十敗。大事な一勝を賭けて賭け神《ブックメーカー》に勝っても一敗しか消えないなんて、そんなの救済措置じゃない。ペテンに近いぼったくりだよ』

割に合わないのだ。

一勝は一敗の十倍重い。にもかかわらず一勝と一敗を同じ天秤にかけて戦うのはあまりに不平等なシステムだろう。

『だから廃れたんだよね。この賭け神《ブックメーカー》っていう救済措置が。マル＝ラ支部のネル君が知らないってのも当然。だってもう何十年も使われてないし』

はぁ、と。

ミランダ事務長がこれ見よがしに嘆息。

『ネル君さ。フェイ君の一勝をドブに捨てる危険に晒《さら》してまで、再起《カムバッグ》したい？』

「っ！」

『神秘法院の歴史上、いったいどれだけの使徒が引退してきたと思う？　その中には神々の遊びで六勝七勝を積み上げたような英雄たちもたくさんいたよね』

だが英雄たちも引退した。

三敗して、それが自分の限界だと身を引いたのだ。

『たが三勝しかしてない身で、フェイ君とレーシェ様という最高のチームに加わりたいという願望だけで、本当にフェイ君の一勝をベットする気？』

「そ、それは……」

『厳しいこと言うけど、自分がそこまでの価値ある人材だと思ってる？』

「っっ！」

黒髪の少女が唇を噛《か》みしめた。

目を伏せて、ただ呆然《ぼうぜん》と肩を落として――

「な、ならあたしの一勝を賭ければいいんです！」

響きわたったのは、パールの声。

「フェイさんの一勝が重いのはその通りです。なら……あたしの一勝を賭け代《ベット》にしてネルさんに戦ってもらえば解決ですよね！」

「パール!?」

ネルが、弾《はじ》かれたように振り向いた。

対してミランダ事務長は、モニターの向こうで無言。

「……ネルさんは、喉を嗄《か》らしてあたしたちの応援をしてくれました」

『情が移ったと？』

「その何がいけませんか！」

睨《にら》みつけるように鋭利な事務長の視線。

それを真っ向から受けとめて、パールが自らの胸に手をあてる。

「あ、あたしは思いこみが強いって言われるけど、ネルさんは本当にあたしたちと一緒にゲームがしたいって思ってます。それくらいわかります！」

「——ま、そういうこと」

パールの背中に触れて、フェイは一歩前に進みでた。

「ってわけですよミランダ事務長。あと賭けるのは俺の勝利数がいい」

そう。

他の誰のものでもない、自分の勝利数であることに意味がある。

「いいよなレーシェ？」

「んー。別にわたしのでもいいけどね」

レーシェの暢気《のんき》な声。

奥のソファーにのんびり腰掛けて一人囲碁の最中だったが。

「ねえミランダ」

『はいレオレーシェ様』

「元神さまの立場から言わせてもらうけど、神は、再起《カムバック》を望む使徒なんて心底どうでもいいの。もう一度やり直したいって祈ったり口にするだけの人間になんか興味ない。神さまはね、自ら奇跡を啓《ひら》く者にのみ微笑《ほほえ》むの」

ネルは啓いたのだ。

意を決して自分たちの前に現れて、矜持《きょうじ》をかなぐり捨てて頭を下げて、共に戦った。

奇跡はまだ起きてはいないが——

奇跡が起きる条件は満たしたのだ。

「退役した使徒が何千何万いるか知らないけど、少なくとも、わたしとフェイにそうしたのはネル一人よ？　わたしが目をつけるに値するわ」

『……それはご尤《もっと》も』

「ってわけで決まりね」

『……使徒のチームは、仲良し同好会じゃないんですけどねぇ』

根負けした。

いかにもそんな微苦笑で、ミランダが天を仰いでみせた。

『では準備します。レーシェ様が我が都市《ルイン》に戻ってこられたらすぐにでも賭け神《ブックメーカー》に挑めるように』

「——ってことになったから」

ふっと息を吐き出して。

フェイは、強《こわ》ばった表情の少女に向かって頷《うなず》いた。

「まだ奇跡は起きちゃいない。俺たちができるのは奇跡を起こすお膳立てだけだ。……で、再起《カムバッグ》するよな?」

「…………」

「勝てよネル」

「……ああ! もちろんだ!」

黒髪の少女がぱっと表情を輝かせた。

「ありがとうフェイ殿、レオレーシェ様、パールもだ。この場の皆に感謝する。特にフェイ殿にはなんとお礼を言えばいいか」

「あ、ちなみに俺の勝利数が減るのは気にせず賭けていいから。一敗二敗しても——」

「それはダメだ!」

ネルがぶんぶんと首を横に振る。

「フェイ殿に一勝だけお借りする。その一勝をそっくり無傷でお返しできるよう、私は、必ず賭け神《ブックメーカー》とのゲームに勝ってみせる!」

そして。

時は、およそ一週間後——

Chapter Epilogue 賭け神《ブックメーカー》

God's Game We Play

小さな亜空間。

もっとも小さき神々《エレメンツ》の遊び場と、「神」自らが称する場《フィールド》で。

『はぁ』

亜空間に響きわたったのは。

人間の声帯とは違う「神」の呆《あき》れた溜息《ためいき》。だった。

『つまんない。人間《おまえ》、弱すぎ』

「…………」

たった一つのポーカー用テーブル。

その対面に座る黒髪の少女が、二人いた。

ネル・レックレスが二人。

その一人が蔑みのまなざしで見つめる先には、握っていたトランプのカードを手放して、床にがっくりと膝をつくネルがいた。

「……そん……な……」

『神《ワレ》は特別なことはしていないよ。人間がやる遊戯《ゲーム》とまったく同じポーカーだ。決死の1回、泣きの1回、破れかぶれの1回。全部お前の負けだ』

ネルを見下ろすネル。

本来の彼女の瞳が紫水晶のような色彩であるのに対して、このネルは鮮やかな琥珀色《こはくいろ》。

そう、似て非なる偽りである。


多相神グレモワール。

ミミック、シェイプシフター、ドッペルゲンガーとも呼ばれる不定形の神。

そして賭け神《ブックメーカー》。

この神々の遊び場《エレメンツ》に突入した時にはもう、この神はネルとなって待っていた。

『久しぶりに挑戦しにきた人間だからと期待したのに』

「………」

『大事な仲間から預かった一勝。だから負けられない。だからリスクを取った賭けができない。その思考が丸わかり』

神の姿をしたネルが、ぽいっと手札を投げ捨てた。

五枚のトランプ——

それが宙をひらひらと舞って、嘲るように、くずおれたネルの目の前で床に落ちていく。

『この人間の敗北は覆《くつがえ》らない』

見下ろしていたネルに興味を失ったのか、賭け神《ブックメーカー》が振り返る。

自分《フェイ》へ。

『それと、お前が賭けた三勝は全部もらっておくよ』

「…………」

右の掌《てのひら》に、鈍い痛み。

右手に刻まれていた「Ⅵ」の神痣《あざ》が消えて、「Ⅲ」という痣へと生まれ変わっていく。

フェイ――「神々の遊び」六勝〇敗から三勝〇敗へ。


無言で佇《たたず》むフェイ。

打ちひしがれた姿で言葉さえ失ったネル。

それを呆然《ぼうぜん》と見守るパールと、くちをつぐんだままのレーシェ。

四人の来訪者をぐるりと見回して――

『本当がっかり。つまらない』

賭け神《ブックメーカー》と呼ばれる神は、人間そっくりに溜息《ためいき》をついてみせた。

それは失望。

ネルという人間にではない。数十年ぶりに遊戯《ゲーム》で遊べるという歓《よろこ》びを削《そ》がれたことへの、子供のように無邪気な「神のいじけ」だった。

『楽しい遊戯《ゲーム》ができると思ったのにね。もう帰りな人間』

くるりと背を向ける。

その賭け神《ブックメーカー》へ。

「待てよ」

『……』

「ゲームはここからだろ」

フェイの発した一言で。

去っていこうとする賭け神《ブックメーカー》の足取りが、ぴたりと止まった。

『何を言っているんだい人間？』

「すべて狙い通りだって言ってんだよ」

『?』

「賭け神《ブックメーカー》――」

ネルの姿をした多相神を見据える。

そして。

「このゲームは俺の勝ちだ」

『……何？』

「お前がこのゲームを受けた時点で俺は勝利を確信してた。どう転んでもな。そしてその通りに終わったんだよ」

勝利宣言。

戦線布告を飛び越えて「既に勝った」という宣言へ——

「ネルにもそう言っただろ。勝てば万々歳だけど、負けて落ちこむ必要なんてない」

「……え？」

「よし交代だ」

ぽかんと。

呆気《あっけ》にとられた様子のネルの肩を叩《たた》いて、フェイは気丈に笑んでみせた。

「で。腑《ふ》に落ちてないって表情だな。すぐに教えてやってもいいけど——」

琥珀《こはく》の瞳でこちらを見つめる神へ。

「次は俺が遊んでやるよ。答え合わせはその後だ」

あとがき

〝フェイよ！　やはり俺とお前は、終生のライバルとなる運命のようだな！〟


お待たせしました、『神は遊戯《ゲーム》に飢えている。』、第2巻！

全知全能な神々とのゲーム対決が本作のテーマではありますが、今回はさらに人vs人の競技者《アスリート》対決も盛りこんでみました。ゲームに夢中になるのは、人も神さまも同じという、そんな世界観を今後も楽しく描けたらいいなと思っています。

そのゲームになりますが――

こうしたお話を書いていると、著者自身、本当にこのゲームのような展開が現実世界で見れるといいなとワクワクしてしまいます。

今回でいうと『Mind Arena』でしょうか。

カードや職《クラス》の種類次第で無限にプレイ幅が広がる遊戯なので、いつか現実にこの対戦が見られたら……なんて考えながら第2巻を書いていた細音《さざね》です。

（あの……ゲーム化企画もお待ちしております！（笑））

2巻のエピローグではネルとフェイが大変な事になっておりますが、これがどういった

「勝利宣言」に繋《つな》がるのか、ぜひぜひ3巻もご期待ください！

▼『キミ戦』とのコラボのお知らせ
細音のシリーズで、昨年アニメ放送の『キミと僕の最後の戦場、あるいは世界が始まる聖戦』（キミ戦）11巻が、ちょうど先週の5月20日に発売でした！

こちらの同月刊行を記念して、『キミ戦』11巻と『神は遊戯《ゲーム》に飢えている。』2巻の両方を買って頂くと、今回だけの特別書きおろし掌編がついてきます！

ぜひご覧くださいませ！（詳しくはこの本の帯をご覧ください！）。


さて、この第2巻も多くの方々にご協力を頂きました。

本作を一緒に作って下さった担当Kさん、今回も神級イラストを数多く描いて下さった智瀬《ともせ》といろ先生。さらにはｋｏｎｏｍｉ先生、ＧｒｅｅＮ先生、ご多忙ななか、超美麗な応援イラストを頂きましてこの場を借りてお礼申し上げます！

そして、この本を手に取って下さったあなたへ、本当にありがとうございます！

第3巻は、おそらく初秋頃かなと。

フェイが挑む「神のイカサマ破り」に、こうご期待です！

春のお昼時に　細音　啓《けい》

Character | 1
キャラクター紹介

NAME ダークス・ギア・シミター

PROFILE

現18歳。

フェイより一年早く使徒として認定され、瞬く間にマル=ラ支部を代表するプレイヤーに上りつめた青年。

その勝ち気な姿勢、類い希な容姿から圧倒的な大衆人気を誇る。


神呪（アライズ）『ダークス・ハリケーン』

風を操る神呪だが、正式名称は不明。

SPEC

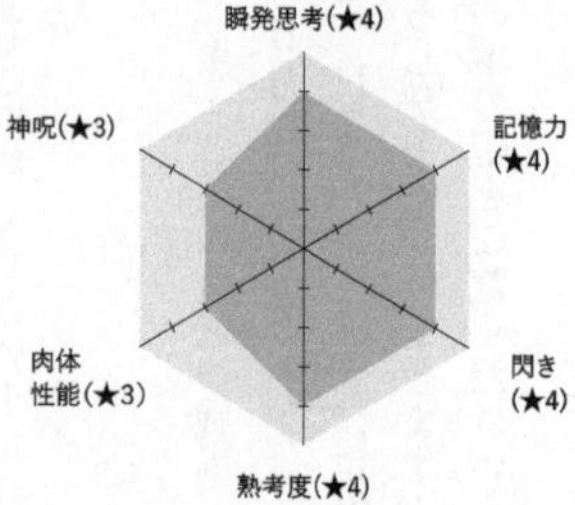

プレイヤー性能★5

ゲーム全般が得意。とりわけ、優れた洞察力を生かし、ポーカーなど相手の一挙一動を観察しながらのゲームは特に強い。また天恵ともいうべき剛運系プレイヤーでもあり、単純な「運ゲー」としてポーカーや麻雀で戦うならほぼ最上位レベル。

だが本人の恐ろしいところは、そうした運に頼らず、絶対に慢心せず徹頭徹尾、緻密かつ大胆不敵な知略でもって戦い抜くところ。（フェイ談）

カリスマ性★5

人々の話題に挙がらない日のない、『ゲームの貴公子』

Character 2
キャラクター紹介

NAME ケルリッチ・シー

PROFILE

現17歳。
ダークスの同期で、ある出来事をキッカケに、以後行動を共にすることになった少女。
物静かで大人しく見えるが、根っこは熱い直感型。

神呪(アライズ)『練気集中(オーラ・バースト)』

拳と足にエネルギーを集中させる。

SPEC

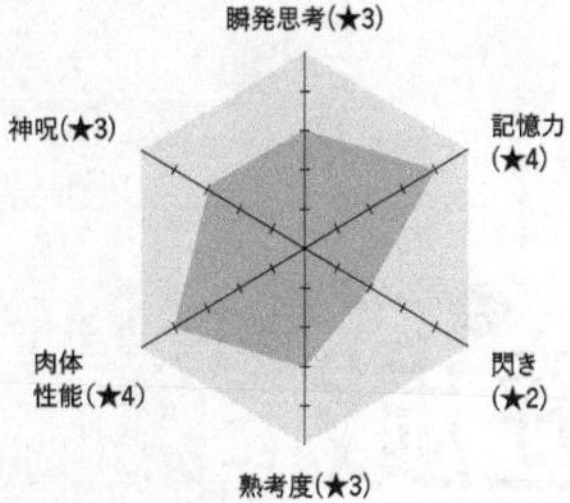

閃き★2

ケルリッチ自身が「……苦手です」と認める分野。

ゲームの定石や型にはまった戦術を淡々と進めるのが得意な反面、柔軟な発想力に乏しく、それを得意とする相手には不意を突かれやすい。かわりに記憶力や論理的思考には自信があり、神経衰弱や人狼ゲームの盤面整理に定評あり。

肉体性能★4

超人型使徒であることに加えて、ボクサーのライセンス所持者。
キックが得意なネルに対して、こちらは拳。

理不尽過ぎる神々に知略で挑む
超スケール頭脳バトル！
神は遊戯《ゲーム》に飢えている。
月刊コミックアライブで
2021年夏 コミカライズ開始予定!
漫画:鳥海かびこ　原作:細音啓　キャラクター原案:智瀬といろ

神は遊戯《ゲーム》に飢えている。2

2021年 5月25日 初版発行
2024年 3月15日 5版発行

著者 細音啓

発行者 山下直久

発行 株式会社KADOKAWA
〒102-8177 東京都千代田区富士見2-13-3
0570-002-301（ナビダイヤル）

印刷 株式会社KADOKAWA

製本 株式会社KADOKAWA

Printed in Japan　ISBN 978-4-04-680396-2 C0193

●お問い合わせ
https://www.kadokawa.co.jp/（「お問い合わせ」へお進みください）
※内容によっては、お答えできない場合があります。
※サポートは日本国内のみとさせていただきます。
※Japanese text only

◆◇◇

【ファンレター、作品のご感想をお待ちしています】
〒102-0071 東京都千代田区富士見2-13-12
株式会社KADOKAWA　MF文庫J編集部気付「細音啓先生」係　「智瀬といろ先生」係

ファンタジア文庫
イスカ
帝国の最高戦力「使徒聖」の一人。争いを終わらせるために戦う、戦争嫌いの戦闘狂
女と最強の騎士
二人が世界を変える——
帝国最強の剣士イスカ。ネビュリス皇庁が誇る魔女姫アリスリーゼ。敵対する二大国の英雄として戦場で出会った二人。しかし、互いの強さ、美しさ、抱いた夢に共鳴し、惹かれていく。たとえ戦うしかない運命にあっても——
シリーズ好評発売中！

細音啓が紡ぐ新たなるヒロイックファンタジー
細音啓
イラスト
猫鍋蒼
キミと僕の最後の戦場、あるいは世界が始まる聖戦
the War ends the world / raises the world
アリスリーゼ
帝国と対立しているネビュリス皇庁の第２王女で強力な氷の星霊を使う「氷禍の魔女」
至高の魔
敵対する

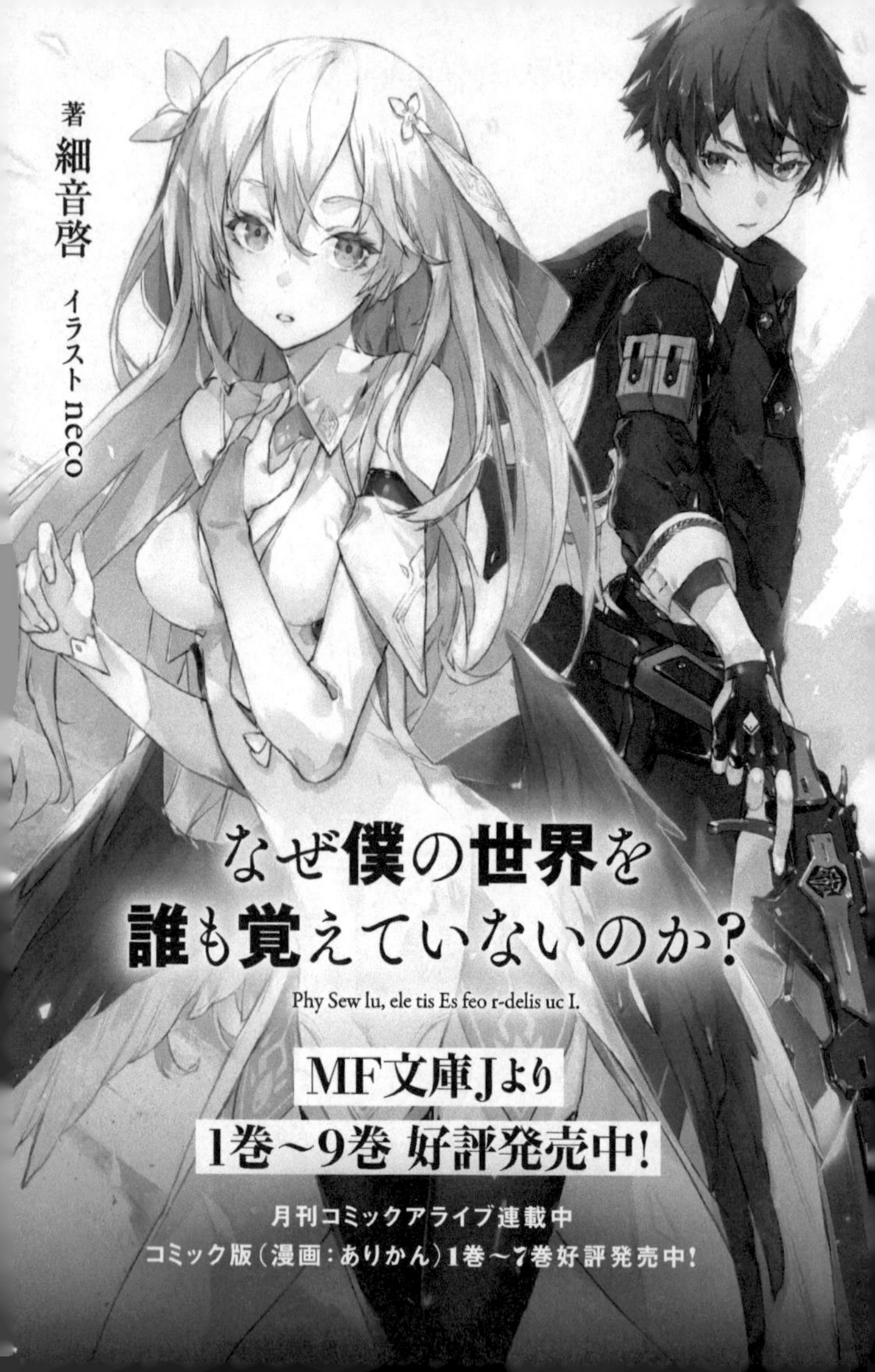

著 細音啓
イラスト neco
なぜ僕の世界を誰も覚えていないのか？
Phy Sew lu, ele tis Es feo r-delis uc I.
MF文庫Jより
1巻～9巻 好評発売中！
月刊コミックアライブ連載中
コミック版（漫画：ありかん）1巻～7巻好評発売中！